बच्चों का संपूर्ण विकास कैसे करें

बच्चों का संपूर्ण विकास कैसे करें

Complete Parenting

बच्चों की परवरिश का रहस्य

'सही समय पर, सही मात्रा में, सही प्रशंसा,
सही समय पर, सही मात्रा में, सही सज़ा'

बच्चों का संपूर्ण विकास कैसे करें

by Tejgyan Global Foundation

प्रथम आवृत्ति : अक्तूबर २०१८
प्रकाशक : वॉव पब्लिशिंग्ज़ प्रा. लि., पुणे

© Tejgyan Global Foundation
All Rights Reserved 2018.

Tejgyan Global Foundation is a charitable organization with its headquarters in Pune, India.

© सर्वाधिकार सुरक्षित
वॉव पब्लिशिंग्ज़ प्रा. लि. द्वारा प्रकाशित यह पुस्तक इस शर्त पर विक्रय की जा रही है कि प्रकाशक की लिखित पूर्वानुमति के बिना इसे व्यावसायिक अथवा अन्य किसी भी रूप में उपयोग नहीं किया जा सकता। इसे पुनः प्रकाशित कर बेचा या किराए पर नहीं दिया जा सकता तथा जिल्दबंद या खुले किसी भी अन्य रूप में पाठकों के मध्य इसका परिचालन नहीं किया जा सकता। ये सभी शर्तें पुस्तक के खरीददार पर भी लागू होंगी। इस संदर्भ में सभी प्रकाशनाधिकार सुरक्षित हैं। इस पुस्तक का आंशिक रूप में पुनः प्रकाशन या पुनः प्रकाशनार्थ अपने रिकॉर्ड में सुरक्षित रखने, इसे पुनः प्रस्तुत करने की प्रति अपनाने, इसका अनूदित रूप तैयार करने अथवा इलेक्ट्रॉनिक, मैकेनिकल, फोटोकॉपी और रिकॉर्डिंग आदि किसी भी पद्धति से इसका उपयोग करने हेतु समस्त प्रकाशनाधिकार रखनेवाले अधिकारी तथा पुस्तक के प्रकाशक की पूर्वानुमति लेना अनिवार्य है।

Bacchon ka Sampurna Vikas Kaise Karen

विषय सूची

प्रस्तावना	हर बच्चा आकाश छू ले, न बने बॉन्साय	09

९ शक्तिशाली संदेश

१	बच्चों को सुधारने से पहले स्वयं को सुधारें एक हो मगर शेर हो	15
२	हर बच्चा सुपरहिट फिल्म बन सकता है बच्चों को कहानियों द्वारा सिखाएँ	19
३	आपका समय – बच्चों के लिए उत्तम उपहार बच्चों के साथ वार्तालाप करना सीखें	23
४	शिल्पकार बनना, माता-पिता का कर्तव्य अमीर माता-पिता के लिए दो बातें	27
५	कच्चा, अच्छा, सच्चा-बच्चा अपने बच्चे को समझें	29
६	छः तरह के माता-पिता तेज माता-पिता के दस गुण	34
७	बच्चों के लव बैंक की परिभाषा जानें बच्चों का शब्दकोश पढ़ें	39
८	पिता-जी (PITA-G) का असली अर्थ मार और प्यार का सही संचार	42
९	बच्चे कैसे सीखते हैं आप बच्चों के आदर्श हैं	48

३ सकारात्मक पायदान

१	**बच्चों को सही प्रशिक्षण दें** बच्चों में आत्मविश्वास कैसे लाएँ	53
२	**बेशर्त प्रेम** बच्चों का हौसला बढ़ाएँ	60
३	**सुखी परिवार का मंत्र- सुसंवाद** बच्चे की नाराजगी को समझें	63
४	**बच्चों के साथ खेलें, खुलें, खिलें** खेल-खेल में बच्चों को सिखाएँ	68
५	**बच्चों का संपूर्ण विकास कैसे करें** बच्चों के गुण और दुर्गुण	73
६	**कभी 'हाँ' कभी 'ना' न करें** बच्चों का स्वास्थ्य आपके हाथ में	78
७	**प्रशिक्षित बच्चे – विश्व की जरूरत** बच्चों की संभावना पहचानें	81
८	**बच्चे सीखें असफलता के सही मायने** पढ़ाई परेशानी नहीं, मौका बने	85
९	**चरित्रवान युवाओं की आज है ज़रूरत** आपका लक्ष्य, आपका परिश्रम आपकी सफलता	90

४ नकारात्मक पहलू मिटाएँ

१	**बच्चों की समस्याएँ सुलझाएँ – ८ संकेत** बच्चों में आत्मसम्मान जगाएँ – १० कदम	97
२	**बच्चे और क्रोध** बेहोशी में क्रोध न करें	104

३	बच्चों से संबंधित मान्यताएँ	108
	बच्चों का पालन मानकर नहीं, जानकर करें	
४	शंका समाधान	111
	मार्गदर्शन का लाभ	

३ अंतिम महत्वपूर्ण सुझाव

१	बच्चों के विकास में शिक्षक का महत्त्व	129
	एक पवित्र कार्य	
२	बच्चों के जीवन में ध्यान और प्रार्थना का महत्त्व	136
	आप सीखें और सिखाएँ	
३	तेज संसारी माता-पिता बनें	141
	संसारी-संन्यासी-तेज संसारी	
	सरश्री अल्प परिचय	146
	तेजज्ञान ग्लोबल फाउण्डेशन जानकारी	148-160

हर बच्चा आकाश छू ले, न बने बॉन्साय

प्रस्तावना

गर्भ में बच्चे पर जो पहले संस्कार पड़ते हैं, वे बहुत ही महत्वपूर्ण होते हैं। यह बात कौन नहीं जानता? गर्भ से बाहर आकर भी यह कार्य बंद नहीं होना चाहिए। इस तरह हर बच्चा आदर्श इंसान बन सकता है।

आपने कइयों को कहते सुना होगा, 'बच्चे हमें बहुत कुछ सिखाते हैं।' यह सच भी है क्योंकि बच्चे इतने मासूम होते हैं कि बड़े उन्हें देखकर सीखते हैं कि 'वर्तमान में जीना किसे कहते हैं!' हर बच्चा बिना विचार और बोझ के जीता है और सदा खुश रहता है। उसे कल की फिक्र नहीं होती, यहाँ तक कि अगले क्षण की भी नहीं। वह सदा वर्तमान में जीता है। वर्तमान क्षण में आनंदित रहना सबसे महत्वपूर्ण है, यही बात उनसे सीखने लायक है।

माता-पिता को बच्चे के लालन-पालन का बोझ इसलिए महसूस होता है क्योंकि वे यह विचार रखकर उसे पालते हैं कि 'यह हमारा बच्चा है।' जबकि सत्य यह है कि बच्चा उनके द्वारा इस दुनिया में आया है। जैसे दो ट्रेन आस-पास एक साथ चल रही होती हैं परंतु दोनों की यात्राएँ अलग-अलग होती हैं, वैसे ही आपका बच्चा आपके साथ यात्रा कर रहा है, उसे अपनी यात्रा करने दें। आप केवल उसकी यात्रा में उसका साथ दें, उसके साथ चलें। हर बच्चे का पृथ्वी पर अपना लक्ष्य और सबक है, उसे अपने अस्तित्त्व को जानना है और पूरी तरह खिलना, खुलना, खेलना है। माता-पिता को केवल उसकी मदद करनी है ताकि बच्चा बेहतरीन जीवन जीने के काबिल बन पाए। माता-पिता को उसे ऐसे संस्कार देने हैं जिससे वह समाज के लिए वरदान बन पाए। आप बच्चे को इसमें कैसे मदद कर सकते हैं, आइए इस कहानी द्वारा समझते हैं।

एक बूढ़ा इंसान अपनी जमीन में साफ-सफाई करके गड्ढा खोद रहा था। रास्ते से जाते हुए एक नौजवान ने उस बूढ़े इंसान से पूछा कि 'बाबा आप गड्ढा क्यों खोद रहे हैं?' बूढ़े इंसान ने बड़े विश्वास से कहा, 'इसमें मैं बीज डालूँगा, इसे खाद दूँगा, समय-समय पर पानी दूँगा। उस बीज से जमीन में अंकुर आएगा, उसकी सुरक्षा करूँगा। यह ध्यान रखूँगा कि कहीं वह हवा-पानी से टूट न जाए। फिर उसका एक पौधा बनेगा और वह पौधा बढ़कर एक वृक्ष बनेगा, उसमें फल आएँगे। उस वृक्ष से आते-जाते राहियों को फल तथा छाया मिलेगी।'

बूढ़े इंसान की बातें सुनकर उस नौजवान ने सवाल उठाया कि 'इसमें तो कई साल बीत जाएँगे, आप तो बूढ़े हो चुके हैं, आपको इससे क्या फायदा होगा?' बूढ़े इंसान ने मुस्कराकर उस नौजवान को जवाब दिया, 'मैं यह इस अपेक्षा से नहीं कर रहा हूँ कि मुझे इससे फायदा हो, मैं तो चाहता हूँ कि जिस विश्वास से मैंने यह बीज डाला है, उससे यह वृक्ष खिले, खुले और फले। मैं चाहता हूँ यह वृक्ष अपनी वह अभिव्यक्ति करे, जो वृक्ष का स्वभाव है।' बूढ़े इंसान का यह जवाब हर माता-पिता के लिए सोचने योग्य है क्योंकि इसी जवाब में बच्चों का संपूर्ण विकास कैसे करें और क्यों करें, समाया हुआ है।

बहुत से बीजों को जमीन तो मिलती है मगर वे वृक्ष नहीं बन पाते, वे बनते हैं 'बॉन्साय'। बॉन्साय यानी एक ऐसा पेड़ जो दिखता है बड़े पेड़ जैसा, फल भी देता है पर छाँव नहीं दे सकता। जिसकी बढ़ने की क्षमता को बाँधा गया है और उसके विकास को रोका गया है। हमारे घर में भी कुछ पौधे हैं, जो आकाश को छूने की संभावना रखते हैं, कहीं हम उन्हें बॉन्साय तो नहीं बना रहे हैं?

जीवन के एक ही अंग का विकास होना संपूर्ण विकास नहीं है। जीवन के सभी स्तरों पर ऐसे पौधे खिलें, खुलें, फलें और महावृक्ष बनें। हर बच्चा जीवन में महान इंसान बनने की क्षमता रखता है, उसमें वह संभावना छिपी हुई है। माता-पिता के पास चाहिए विश्वास, दूरदर्शिता और सही समय पर सही निर्णय लेने की कला।

हम सभी ने बचपन में कुछ सपने देखे होंगे। वैसे ही आपके बच्चे भी देख रहे हैं। वे सपनों की दुनिया में तितलियाँ स्वरूप हैं। रंगबिरंगी तितलियों के नाजुक पंख कभी न टूटें, इसका खयाल माता-पिता को रखना होगा। उनकी जगमगाती आँखें जिसमें जिज्ञासा भरी हुई है, कहीं आपकी जबरदस्ती के कारण उनमें अंधेरा न भर जाए। इन तितलियों को खेलने दें, प्रयोग करने दें, नाचने दें और उड़ने दें। उनके पैरों को बाँधकर न रखें वे तितली की तरह नाजुक हैं, वे आपकी कठोर आवाज से भी डर सकते हैं, उन्हें प्यार से सँभालें।

हर घर में बच्चा महावृक्ष बने, न बने बॉन्साय, यही बच्चों के संपूर्ण विकास का लक्ष्य है। इसमें कुछ बातें दोहराई गई हैं, जो अति आवश्यक हैं। इन बातों का पूरा लाभ लें। बच्चों को अच्छे संस्कारों से सुसज्जित करने में यह समझ आपकी मदद अब करेगी।

...सरश्री

आपके बच्चे के लिए जो आज हो सकता है, उसे कल पर मत टालें क्योंकि आपके आनेवाले कल का आधा समय, आज के काम, जो आपने नहीं किए थे, निपटाने में चला जाएगा, जिससे बच्चा आपके प्रेम से निकलकर अपनी हानि कर लेगा।

९ शक्तिशाली संदेश

१. स्वयं को सुधारें
२. कहानियों द्वारा सिखायें
३. सही वार्तालाप करें
४. शिल्पकार बनें
५. बच्चों को समझें
६. स्वयं को जानें
७. बच्चों का शब्दकोश पढ़ें
८. मार और प्यार का सही संचार करें
९. बच्चों के लिए आदर्श बनें

सकारात्मक शब्दों की तरंग आपको स्वास्थ्य प्रदान करती है इसलिए अपने बच्चों के साथ सदा आशावादी व प्रेरणा देनेवाले शब्द इस्तेमाल करें।

-सरश्री

बच्चों को सुधारने से पहले स्वयं को सुधारें

एक हो मगर शेर हो

एक दिन जंगल के सभी जानवर इकट्ठा होकर आपस में बातें कर रहे थे। लोमड़ी कह रह थी, 'मेरे दो बच्चे हैं।' हाथी कह रहा था, 'मेरे तीन बच्चे हैं।' भालू कह रहा था, 'मेरे चार बच्चे हैं।' इस तरह सभी अपने-अपने बच्चों के बारे में बता रहे थे। जब शेरनी से पूछा गया कि 'तुम्हारे कितने बच्चे हैं?' तब उसने कहा, 'एक है, मगर शेर है।'

आप अपने बच्चों को क्या बनाना चाहते हैं, इस पर आपने कभी सोचा है? बहुत से माता-पिता चाहते हैं कि उनका बच्चा स्वामी विवेकानंद बने, रविन्द्रनाथ टैगोर बने, बिल गेट्स् बने, शिवाजी महाराज बने मगर क्या आपने कभी यह सोचा है कि आपका बच्चा शिवाजी महाराज बने तो आपको जीजामाता बनना होगा। जीजामाता के गुण अपने अंदर लाने होंगे ताकि आप शिवाजी महाराज को जन्म दे सकें। ऐसे गुण, ऐसी बातें आपको अपने अंदर पहले उतारनी होगी, फिर जो आपका बच्चा होगा वह 'शेर' होगा।

हर माता-पिता को लगता है कि हम अपने बच्चे के लिए कुछ करें क्योंकि बच्चा हर माता-पिता का एक सपना होता है। वे चाहते हैं कि हम अपने बच्चे को बहुत ऊँची शिक्षा दें। वह हमारे घर का नाम रोशन करे, वह होशियार हो, वैभवशाली हो, नम्र हो और सुसंस्कृत हो। ऐसी चाहत रखनेवाले माता-पिता बच्चे के लिए कुछ भी करने को तैयार रहते हैं लेकिन क्या माता-पिता सही मायने में सही रास्ता अपनाते हैं?

माता-पिता अगर चाहते हैं कि मेरा बच्चा मेरी इच्छा पूरी करे तो क्या वे बच्चों को वे सब बातें दे रहे हैं, जो बच्चा चाहता है? क्या उनके फलने-फूलने के लिए उचित वातावरण तैयार कर रहे हैं?

इसमें सबसे पहली और महत्वपूर्ण बात आती है कि 'क्या हम अपने बच्चों के साथ संवाद (कम्युनिकेशन) करते हैं? संवाद यानी सिर्फ बातचीत करना नहीं बल्कि उचित समय पर उनके साथ विचारों का आदान-प्रदान करना, सही समय पर उन्हें शाबाशी देना, गलती करने पर सही सज़ा देना या माफ करना। माफ करना यानी बच्चों के द्वारा की गई गलती को भूल जाना, ऐसा नहीं है बल्कि उनके द्वारा की हुई गलती का एहसास उन्हें करवाना और फिर से बच्चा वही गलती न दोहराए इसलिए उसे कुछ सुझाव देना, उसका मार्गदर्शन करना।

उदा. किसी दिन बच्चे के हाथ से घर में कोई चीज टूटती है तो हमारा सबसे पहला सवाल बच्चे से यही होता है कि 'ऐसा क्यों किया? क्यों नहीं सुनते? कब बड़ा होगा तू? क्यों तोड़ा?' इत्यादि। अब इस 'क्यों' का जवाब बच्चे के पास होता है क्या? क्या बच्चा वह चीज तोड़ना चाहता था? नहीं। यह तो उससे अनजाने में हुआ तो कैसे वह जवाब दे पाएगा कि वह चीज उसने क्यों तोड़ी। फिर जब उसे मार पड़ती है तो वह कुछ जवाब जो प्रायः झूठा होता है, दे देता है कि उसका धक्का लग गया था या उसने धक्का मारा इसलिए चीज टूट गई, गिर गई। अब माता-पिता के एक सवाल ने बच्चे को एक सबक दे दिया कि अगर ऐसी गलती होती है, कुछ टूटता-फूटता है तो झूठ कह देना या उसका इल्जाम दूसरे के ऊपर डालना ताकि उसे सज़ा न मिले। फिर वह जीवनभर दूसरों पर इल्जाम लगाता रहता है। आगे चलकर धीरे-धीरे दूसरों पर इल्जाम लगाने की उसकी एक वृत्ति (पैटर्न, आदत) बनती है, जिसे ब्लेमर पैटर्न कहते हैं।

बच्चों में यह पैटर्न न बनने पाए, इसका खयाल माता-पिता जरूर रख सकते हैं। बच्चों के मार्गदर्शन में माता-पिता को यह समझ हो कि बच्चे को गलतियाँ करने

की इजाजत है लेकिन हम अपना ध्यान (फोकस) सदा उसकी गलती पर न रखें। बार-बार उसे गलती की याद न दिलाएँ। कुछ माता-पिता बच्चों को हमेशा यह कहकर कोसते रहते हैं कि 'कल तुमने गिलास तोड़ दिया था, अब क्या तोड़ोगे?' वे मेहमानों के सामने भी कहते हैं कि 'हमारा बच्चा शैतान है, कॉलनी के हर घर की खिड़कियाँ उसने तोड़ी हैं।' इस तरह आप अपने ही बच्चों के बारे में लोगों के सामने गलत प्रदर्शन करके अपने बच्चों की क्या छवि दे रहे हैं? माता-पिता का ध्यान कहाँ पर है?

अगर आपका ध्यान बच्चों की गलतियों पर ज्यादा है तो बच्चे और ज्यादा गलतियाँ करेंगे लेकिन जब वे कुछ अच्छा करते हैं तो क्या आपका ध्यान उनके अच्छे कामों पर होता है? अगर यह भी हो जाए तो आपका ध्यान आपके बच्चे के लिए बहुत बड़ा काम करता है। बच्चा अच्छे मार्कस लेकर आता है तो उसे कहें, 'कितना होशियार है मेरा बच्चा, इसने बहुत पढ़ाई की इसलिए अच्छे मार्कस मिले और ज्यादा पढ़ाई करेगा तो अव्वल नंबर आएगा।' बच्चा दौड़ में जीतकर आया है तो उससे कहें, 'क्या दौड़ता है तू! एक दिन तू बहुत अच्छा ॲथलेटिक खिलाड़ी (धावक) बनेगा।'

माता-पिता का ध्यान अगर सही जगह पर जाए तो बच्चा और अच्छा करके दिखाएगा क्योंकि आपने उसके अच्छे गुणों पर, अच्छे काम पर फोकस किया व ध्यान दिया। अपने बच्चे की गलतियों पर उन्हें कभी न डाँटें परंतु उससे यह पूछें कि 'इस गलती से तुमने क्या सीखा?' जब माता-पिता उसे सही शब्दों में उस गलती का एहसास करवाते हैं तब बच्चा जरूर सीखता है। अपने बच्चों के साथ अगर आप सही शब्द भी उपयोग में लाएँ तो वे बहुत बड़ा असर करते हैं।

उदा. एक बच्चा चिल्ला-चिल्लाकर दूसरे बच्चे से बात कर रहा है तब उस बच्चे के पिताजी कमरे से बाहर आते हैं और वे जोर-जोर से कहते हैं, 'क्यों चिल्ला रहे हो, मेरी नींद हराम कर दी।' पिताजी का चिल्लाना देखकर बच्चा सोचता है कि अगर मैं चिल्ला रहा हूँ तो पिताजी क्या कर रहे हैं? वे भी तो मुझ पर चिल्ला रहे हैं। इसलिए हम अपने बच्चों के साथ कौन से शब्द इस्तेमाल करते हैं, इसका जरूर खयाल रखें। 'चिल्लाकर बात मत करो' यह कहने के बजाय हम उसे कह सकते हैं, 'धीरे से बात करो।' 'दरवाजा मत पटको', कहने के बजाय हम कह सकते हैं, 'दरवाजा अहिस्ता से बंद करो।'

आपके ऐसे सकारात्मक शब्द बच्चों को नकारात्मक विचारों से दूर ले जाते

हैं। हर माता-पिता यही चाहते हैं कि हमारा बच्चा नकारात्मक न बने लेकिन यह जरूर ध्यान में रखें कि बच्चा नकारात्मक भाव जरूर बता सकता है। उसे अपने ऐसे भाव बताने का अधिकार है।

उदा. एक छोटा बच्चा रो रहा है। उसे कुछ चाहिए तो वह रोकर माँगेगा, नाराज होकर बताएगा, उसे ऐसा करने की इजाजत है। बच्चे को ऐसा करते देख उससे पूछें कि उसे क्या चाहिए? क्या हुआ? इससे वह अपनी भावना बताएगा। बच्चे को अपनी भावना व्यक्त करने का मौका दें, न कि उसे चुप कराएँ वरना एक दिन वह बच्चा ब्लास्ट हो जाएगा और तोड़-फोड़ कर देगा। जब बच्चों की भावनाओं की ओर ध्यान नहीं दिया जाता तब वे बच्चे ब्लास्टर पैटर्न लेकर जीवन जीते हैं।

यदि हम अपने नकारात्मक भाव यानी गुस्सा, चिड़चिड़ापन व्यक्त कर सकते हैं तो बच्चों को भी यह अधिकार है। छोटा बच्चा है तो वह कैसे अपनी नाराजगी, अपना गुस्सा व्यक्त करे? माता-पिता से वह कैसे वार्तालाप करेगा?

इसलिए पहले तो उससे पूछें कि 'तुम ऐसा क्यों कर रहे हो?' या फिर उसकी तरफ ध्यान देकर, उसकी बातें सुनकर या फिर उसे कुछ चीज देकर जो वह चाहता है, उससे अच्छे ढंग से बातचीत करने की कोशिश करें। यदि आवश्यक हो तो थोड़ा अधिकार जताकर या आखिरी में उचित समय देकर, बच्चों के नकारात्मक भाव को हम जरूर समझें और उन्हें निकालने की कोशिश करें।

कुछ माता-पिता बच्चों को हमेशा हर काम में रोकते रहते हैं। जैसे 'यह मत करो... वह मत करो...खिड़की पर मत चढ़ो...चिल्लाओ मत...रोना मत... तुम यहाँ मत आओ ...वहाँ मत जाओ ...' मगर माता-पिता की इस रोक-टोक का अर्थ बच्चे नहीं समझ पाते हैं। जब माता-पिता बच्चों से बड़ी आवाज में यह कहते हैं कि 'चिल्लाओ मत' तब बच्चा भी चिल्लाकर पूछता है, 'फिर क्या करूँ?' जबकि उससे हमें यह कहना चाहिए 'धीरे से बात करो।'

बच्चों को 'यह मत करो...वह मत करो'...कहने के बजाय, कहें 'ऐसा करो।' जब भी आप बच्चों से कहेंगे कि 'यह मत करो' तो वे जरूर पूछेंगे, 'फिर क्या करूँ?' क्योंकि हर बच्चा कुछ करना चाहता है इसलिए जब भी बच्चा पूछे कि 'डैडी क्या मैं यह करूँ?' तब उसे तुरंत 'ना' कभी न कहें बल्कि कहें, 'क्यों नहीं, जरूर कर सकते हो लेकिन इससे बेहतर है कि तुम ऐसा-ऐसा करो तो ज्यादा अच्छा काम होगा।' इससे बच्चे का आत्मविश्वास बढ़ेगा, जो उसे जीवनभर काम में आएगा।

बच्चा एक ऐसी सुपरहिट फिल्म बन सकता है जिससे एक और सुपरहिट फिल्म बनाई जा सकती है।

-सरश्री

हर बच्चा सुपरहिट फिल्म बन सकता है

बच्चों को कहानियों द्वारा सिखाएँ

हर बच्चा एक सुपरहिट फिल्म बन सकता है या एक फ्लॉप फिल्म भी बन सकता है। यह माता-पिता पर निर्भर है कि वे अपने बच्चे को क्या बनाना चाहते हैं। अगर माता-पिता को अपना बच्चा सुपरहिट (फिल्म) बनाना है तो उन्हें डायरेक्टर, स्टोरी राइटर, प्रोड्युसर, फोटोग्राफर, मेकअप मैन, कोरिओग्राफर, म्युजिशियन बनना पड़ेगा। उसके बाद ही एक सुपरहिट फिल्म बनेगी, जो आगे चलकर एक और नई फिल्म बनाएगी।

बाहर की फिल्म कितनी भी सुपरहिट हो, उसके द्वारा दूसरी फिल्म नहीं बनाई जा सकती। मगर बच्चा ऐसी सुपरहिट फिल्म बन सकता है जिससे एक और सुपरहिट फिल्म बनाई जा सकती है। बशर्तें बच्चे को ऐसे माता-पिता मिलें, जो निर्देशक का सही रोल कर सकें।

माता-पिता के पास सिर्फ समय है और समझ नहीं है तो बच्चे को डर और

मान्यताएँ दी जाती हैं। उन मान्यताओं की वजह से बच्चा सिकुड़कर ही जीता है। यदि सचमुच आप चाहते हैं कि आपका बच्चा पूर्ण तैयार होकर संसार में कदम रखे तो आपको एक सुपरहिट फिल्म की तरह उसे तैयार करना होगा, उसे विकसित (डेवलप) करना होगा। ऐसी फिल्म जब प्रकाशित होगी, रिलीज होगी तब लोग आश्चर्य करेंगे कि इतने गुण एक इंसान के अंदर कैसे आ सकते हैं!

अ) डायरेक्टर की भूमिका

एक सुपरहिट फिल्म का डायरेक्टर (निर्देशक) सभी कलाकारों को एक ही स्टेज पर संभालता है, उनके आपस में झगड़े नहीं होने देता है। सभी कलाकार एक ही प्लेटफॉर्म (स्टेज) पर अपनी-अपनी भूमिका (रोल) सही ढंग से करें, इसका खयाल डायरेक्टर सदा रखता है। हर कलाकार की अलग-अलग भूमिका होती है मगर सभी के लिए एक ही स्टेज होता है। डायरेक्टर जानता है कि कैसे हर कलाकार पर नियंत्रण (कंट्रोल) रखा जाए, कैसे हर कलाकार से वार्तालाप (कम्युनिकेशन) किया जाए, कब कौन नाराज होता है, कब कौन कैमरा के सामने डर जाता है। ये बातें जानने की वजह से किस कलाकार को सही समय पर मार्गदर्शन दिया जाए, यह डायरेक्टर को पता होता है।

फिल्म के डायरेक्टर की भूमिका मार्गदर्शन देने की ही होती है। वह जानता है कि किसका संग (कंपनी) किसके साथ हो। किस कलाकार के साथ किसे रखा जाए तो शांति रहेगी, फिल्म डेवलप होगी। वह एक ही स्टेज (प्लेटफार्म) पर सभी को संभालता है।

माता-पिता भी फिल्म के डायरेक्टर की तरह ही हैं। उन्हें भी सभी को संभालना है। माता-पिता के साथ घर में (स्टेज पर) बच्चे भी हैं, भाई-बहन भी हैं, अड़ोस-पड़ोस के बच्चे भी हैं, ग्रैण्ड पैरेन्टस् भी हैं। सभी एक ही छत के नीचे (स्टेज पर) शांति से कैसे रहें इसका खयाल माता-पिता रखते हैं। माता-पिता का बरताव बच्चों के साथ सही ढंग से हो पाया तो ही वे सही डायरेक्टर की भूमिका निभा पाएँगे।

ब) कहानियों का महत्त्व

बच्चे कहानियाँ बड़े ध्यान से सुनते हैं। उन्हें कहानियाँ दिवाली और क्रिसमस की छुट्टियों से ज्यादा प्यारी लगती हैं इसलिए कभी-कभी बच्चे के लिए आपको स्टोरी राइटर की भी भूमिका करनी पड़ेगी। एक स्टोरी राइटर का काम कहानी सुनाना होता है। जैसे-जैसे आप बच्चों के साथ वार्तालाप करते हैं, उन्हें कहानियाँ सुनाते हैं तो वे आपके साथ खुलने लगते हैं, वे आपके साथ अपने आपको सुरक्षित महसूस करने लगते हैं।

जैसे किसी बच्चे को कोई व्यसन है या झूठ बोलने की आदत है तो उस

बच्चे को आप कहानी के द्वारा यह बताने का प्रयास करें कि किस तरह व्यसनों में जाकर, झूठ बोलकर किसी इंसान का जीवन नष्ट हो जाता है। कहानी के एक पात्र का उदाहरण देकर उसे आप इस तरह की कहानी सुनाएँगे कि एक लड़का था, जो झूठ बोलता था, वह झूठ उसके लिए मुसीबत का कारण बना। फिर किस तरह झूठ से वह मुक्त हुआ, कैसे उसका जीवन सुखमय हुआ और वह सफल हुआ। ये सब कहानी के माध्यम से आप बच्चे को समझाएँ। बच्चा इस तरह की कहानी से बहुत कुछ सीख लेता है क्योंकि बच्चा राइट ब्रेन (दाहिने मस्तिष्क) से सीखता है, लेफ्ट ब्रेन (बाएँ मस्तिष्क) से नहीं इसलिए उसे किसी दृश्य के द्वारा अपनी बात बताना या किसी कल्पना के द्वारा अपनी बात सिखाना आवश्यक है और बच्चे कहानी सुनना चाहते भी हैं। इसके लिए माता-पिता को सिर्फ थोड़ी सी ट्रेनिंग, थोड़ा सा अभ्यास, कुछ कहानियों को ढूँढ़ने का कष्ट, कुछ किताबों को पढ़ने का अभ्यास करना होगा ताकि वे बच्चे को कुछ सिखाने के दृष्टिकोण से कहानियाँ सुनाकर उनमें जो दुर्गुण हैं, उन्हें हटा पाएँ। बच्चा अगर कामचोर है तो उसे ऐसे इंसान की कहानी सुनाकर सिखाया जा सकता है जो सुस्त था। ऐसी कहानी से वे यह सीखेंगे कि कैसे वे अपनी कामचोरी हटा पाएँ। बच्चे की गलत आदत को दूर करने के लिए माता-पिता को ही प्रयास करना पड़ेगा। कभी आप उन्हें इस तरह के खिलौने, पुस्तकें लाकर दे सकते हैं, जिनसे बच्चे का दाहिना मस्तिष्क विकसित हो। बच्चों को विशेष प्रकार के खिलौने भी कुछ सिखाते हैं, जिनसे उनका आत्मविश्वास बढ़ सकता है। ऐसे खेल भी हैं, खिलौने भी हैं, ऐसी पुस्तकें भी हैं जो उनके विकास में उनकी सहायता कर सकती हैं। बच्चों में पठन की आदत विकसित करें। बच्चों के लिए कई तरह की पुस्तकें उपलब्ध हैं, वे उन्हें दी जाएँ तो बच्चे खुद ही पढ़ेंगे और समझेंगे। ऐसा न सोचें कि बच्चा है, कैसे समझ पाएगा। बच्चे बहुत कुछ समझ पाते हैं मगर पुस्तकों का चुनाव आपको करना पड़ेगा।

आप कौन सी सी. डी. बच्चे को देखने के लिए दें, कौन सी पुस्तक उन्हें पढ़ने के लिए दें, उनका दिमाग कौन सी चीजें जल्दी ग्रहण करता है, बच्चे कौन सी गलत चीजों की ओर आकर्षित होते हैं, ये सारी बातें आपको उनसे बातचीत करके पता चलेंगी। वार्तालाप के द्वारा आप बच्चे के साथ मित्रता का संबंध बना सकते हैं, जिससे बच्चा आपको खुलकर बता पाता है कि उसके अंदर क्या-क्या गलत जा रहा है। स्कूल में या मित्रों के द्वारा यदि कुछ गलत हो रहा है तो वह आपको मित्र समझकर खुलकर बता पाता है और उसके बताने से आप उसे ठीक तरीके से मार्गदर्शन दे पाते हैं। माता-पिता और बच्चों में ऐसी मित्रता, ऐसा सुसंवाद बना रहेगा तो वे बच्चे जल्द ही एक उच्चतम विकसित समाज बना पाएँगे। वे अपने विकास के लिए कार्य कर पाएँगे।

अगर आपने एक स्टोरी राइटर की तरह काम किया तो बच्चों में सभी गुण आएँगे। बच्चे जब प्रेरणा देनेवाली कहानियाँ सुनते हैं तो वे बड़े एकाग्र हो जाते हैं। कहानी की हर बात, हर घटना, उनके दिमाग में पक्की बैठ जाती है इसलिए छोटी-छोटी कहानियों के द्वारा हम अपने बच्चों को सिखला सकते हैं।

क) फोटोग्राफर की भूमिका

एक फिल्म बनाने के लिए एक डायरेक्टर, स्टोरी राइटर, प्रोड्युसर, फायनॅन्सर की जरूरत होती है। उसके साथ-साथ एक फोटोग्राफर भी होता है जो कलाकार का आत्मविश्वास बढ़ाता है और उसे कहता है कि उसने कौन सा दृश्य सबसे अच्छा किया। मेकअप मैन सही मेकअप करके कलाकार का आत्मविश्वास बढ़ाता है। कोरियोग्राफर डान्स करके दिखाता है कि किस तरह डान्स करना है। इसी तरह माता-पिता को भी अपने बच्चों को प्रदर्शन (डेमॉन्स्ट्रेशन) करके दिखाना चाहिए। उसे उसकी बचपन की फोटो की अलबम दिखानी चाहिए कि 'देखो, जब तुम छोटे थे तो तुम्हें फर्स्ट प्राईज मिला था।' बच्चे ने स्कूल में किसी कार्यक्रम में स्टेज पर डान्स किया हो तो उसके फोटोग्राफ उसे दिखाने चाहिए। इससे उसका आत्मविश्वास बढ़ता है।

माता-पिता का रोल एक फोटोग्राफर का भी होता है कि क्लास में बच्चा किस तरह पढ़ाई करता था, किसी कार्यक्रम में भाग लेता था, यह उसे दिखाया जाए। ये सभी बातें देखकर बच्चे का आत्मविश्वास बढ़ता है कि वह ये सभी बातें कर चुका है। उसे लगता है, 'मैं स्टेज पर जा चुका हूँ तो आगे भी जा सकूँगा।' इस बात से अपने आप उसका आत्मविश्वास बढ़ता है। जब आपके बच्चे का आत्मविश्वास बढ़ा तभी आपके अंदर के फोटोग्राफर ने अपनी भूमिका सही ढंग से निभाई, ऐसा कहा जाएगा। इसी तरह कोरियोग्राफर ने भी अपनी भूमिका तब निभाई, जब बच्चे के साथ आप बच्चे को उसका कार्य, गुण प्रदर्शित (डेमॉन्स्ट्रेट) करके दिखाते हैं और वह बिलकुल उस तरह से अपना कार्य करके दिखाता है।

आपको बच्चा, अच्छा, सच्चा व कच्चा बनना है।
इसके लिए आपमें नए को स्वीकार करने की
शक्ति और बुद्धि होनी चाहिए।

-सरश्री

अध्याय ३

बच्चों को प्रशिक्षण देते वक्त 'समय नहीं है' का बहाना कभी न दें क्योंकि आपके पास भी रोज उतना ही समय होता है, जितना बिजली के आविष्कारक एडिसन के पास था। समय का मूल्य परखें। आपके बच्चे का बचपन फिर से लौटकर नहीं आएगा।

-सरश्री

आपका समय - बच्चों के लिए उत्तम उपहार
बच्चों के साथ वार्तालाप करना सीखें

बच्चों को खिलौने या महँगे कपड़े खरीदकर देने से भी ज्यादा आवश्यक है, उन्हें 'समय' देना।

अपने बच्चों को उचित समय जरूर दें ताकि वे महसूस कर पाएँ कि हम भी अपने मम्मी-डैडी के लिए कुछ महत्त्व रखते हैं। जब बच्चा बोलता है, तब यदि आप उसे ध्यान से सुनते हैं तो आपको उसके चेहरे पर उत्सुकता नजर आएगी। बच्चों की आँखों में आँखें डालकर उन्हें सुनेंगे तो उनका प्यार आपको नजर आएगा। कुछ माता-पिता जब टी.वी. देख रहे होते हैं या पेपर पढ़ रहे होते हैं तब अगर बच्चा कुछ कहता है तो उसके कहने पर ध्यान नहीं दिया जाता। इससे बच्चे के मन में यह भावना जगती है कि मैं इतने प्यार से, इतनी गंभीरता से कुछ कह रहा हूँ और मम्मी-डैडी मेरी तरफ ध्यान ही नहीं दे रहे हैं। ऐसे बच्चे अपने आपको अकेले पाते

हैं इसलिए बच्चे के हर बात पर ध्यान दें, सहयोग दें, प्रतिसाद दें ताकि उसे पता चले कि मम्मी-डैडी मेरे साथ हैं, मैं अकेला नहीं हूँ। आपका साथ हर पल बच्चे का हौसला बढ़ाता है।

जो माता-पिता चाहते हैं कि मेरा बच्चा शिवाजी महाराज बने तो उन्हें पहले जीजामाता बनना पड़ेगा और सभी जानते हैं कि जीजामाता ने कितना समय शिवाजी के लिए दिया था इसलिए शिवाजी राजा बने। उन्होंने सोलह साल की उम्र में स्वराज्य की स्थापना की, जीजामाता हर वक्त शिवाजी के साथ रहीं। हर क्षण उन्हें हौसला देती रहीं इसलिए शिवाजी छत्रपति बने। जीजामाता ने ऐसा नहीं कहा कि 'शिवा तुम उधर तलवार बाजी करो, मैं घर जाकर बैठती हूँ।' जीजामाता शिवाजी के साथ थीं इसलिए हिंद स्वराज्य बना। शिवाजी का आत्मविश्वास जीजामाता ने बढ़ाया। अगर बच्चों को आगे बढ़ना है तो बच्चे के साथ चलना होगा। उनके लिए समय और क्षेत्र (स्पेस) भी देना होगा। बच्चे को सिर्फ समय दिया तो भी काफी नहीं है, उन्हें स्पेस भी देनी है। स्पेस देनी है यानी कभी-कभी बच्चों को कुछ करने के लिए अकेला भी छोड़ना है। बहुत से माता-पिता बच्चों को कहीं अकेला नहीं जाने देते। बच्चा कुछ करना चाहता है, उसमें जो कुछ गुण हैं, वह कहीं और जाकर खुलना चाहता है मगर कुछ माता-पिता चाहते हैं कि बच्चा उनकी नजरों के सामने ही रहे। बच्चों के साथ अति लगाव रखने के कारण ऐसे माता-पिता अपने बच्चे को पढ़ाई के लिए दूसरे शहर में नहीं भेजते। बच्चा जब कॉलेज में पहुँचता है तो नजदीक के कॉलेज में उसका ऐडमिशन करवाते हैं। बच्चा अगर स्कूल/कॉलेज से थोड़ी देर से आए तो माता-पिता बहुत चिंतित हो जाते हैं। इससे बच्चे का मनोबल कम हो जाता है। अपने निर्णय लेना बच्चे के लिए बहुत कठिन हो जाता है। अगर इस तरह के माता-पिता हैं और बचपन से ही उसे ऐसी शिक्षा मिली है तो वह कैसे खिलेगा और खुलेगा? वह कैसे अपनी बातें खुलकर बता पाएगा कि वह क्या करना चाहता है? क्या बनना चाहता है? इसलिए यह बहुत ही महत्वपूर्ण है कि बच्चा माता-पिता से हमेशा बातचीत करे क्योंकि यही एक गुण है जो इस रिश्ते में बहुत प्रेम बढ़ाता है।

अगर बच्चों के साथ हम बचपन से उनसे खुलकर बातचीत करने की आदत नहीं डालेंगे तो बड़े होकर वह बड़ों के साथ भी खुलकर बात नहीं कर पाएगा। बचपन में माता-पिता ने यह आदत डाली नहीं तो बच्चा बड़ा होकर भी डरा-डरा सा रहता है। वह अपने आपको लोगों से कमजोर समझता है और अपना आत्मविश्वास खो देता है। उसके अंदर गुण रहकर भी वह अभिव्यक्त न कर पाने की वजह से पीछे

रह जाता है। ये वही बच्चे हैं जिन्हें बचपन में माता-पिता हमेशा 'चुप रहो, कुछ मत बोलो', इस तरह डाँटते रहते हैं। बच्चे ने कुछ गलती की तो माँ कहती है, 'आने दे डैडी को मैं बताऊँगी तूने क्या किया, डैडी आकर तुझे मारेंगे।' यह कहकर आप कभी सोचते नहीं कि आपने बच्चे को डैडी की क्या प्रतिमा (इमेज) दी? बच्चा सोचता है 'डैडी मारेंगे' इस डर से वह डैडी के सामने नहीं आना चाहता। जिसका परिणाम उनके रिश्ते पर भी पड़ता है। अगर बचपन से ही माँ ने बच्चे को डैडी की इमेज हिटलर की दे दी तो ऐसे रिश्ते कैसे बनेंगे? इसलिए सदा यह ध्यान रखें कि अपने बच्चों को डैडी-मम्मी की प्रतिमा ऐसी दें, जिसे देखकर वह खुद भी वैसा बनना चाहे। बच्चे के लिए माता-पिता प्रेरणा बनें।

बच्चे से अगर हम सहयोग चाहते हैं तो हमारा संवाद (कम्युनिकेशन) बच्चों के साथ कैसा हो? हम बच्चे से किस तरह बातचीत करें? कोई बात यदि उससे जाननी है तो उसे कैसे पूछें? उसे कुछ बताना हो तो कैसे बताएँ? यह समझना बहुत जरूरी है। बच्चा आपको तब सहयोग देगा जब उसे सही तरीके से पूछा जाएगा। उदा. एक छोटे बच्चे से जब पिताजी कहते हैं, 'पानी लाओ' तब पिताजी का 'पानी लाओ' कहना कैसा है? क्या ऑर्डर देने जैसा है या प्यार से कहने जैसा है? अगर हम सीधे ऑर्डर दे रहे हैं तो बच्चा कैसे सहयोग करेगा? हालाँकि बच्चा आपके लिए फिर भी पानी लेकर आता है। पिताजी कहते हैं, 'गुड ब्वॉय'। फिर कुछ समय बाद घर में खेलते हुए बच्चे से घर की कोई कीमती चीज टूट जाती है तब पिताजी गुस्से में, चिल्लाकर बच्चे को डाँटते हैं, 'तू गधा है... 'बैड ब्वॉय है'। बच्चा सोचता है कि थोड़ी देर पहले मैं गुड ब्वॉय (अच्छा लड़का) था, अब बैड ब्वॉय (बुरा बच्चा) कैसे हो गया? छोटा बच्चा यह नहीं समझ पाता कि पिताजी दो तरह की अलग-अलग बातें क्यों कह रहे हैं? शरारत की है तो क्या हुआ? क्या बच्चा कभी सोचकर कुछ करता है? मगर माता-पिता ऐसा सोचते हैं कि फलाँ-फलाँ शरारत वह जानबूझकर कर रहा है। सिर्फ सोचते ही नहीं हैं बल्कि यह कहते भी हैं। वे बच्चों को ऐसे शब्द कहते हैं, जो कहना उचित नहीं है।

हर माता-पिता की यह जिम्मेदारी है कि वे बचपन से ही बच्चों के साथ सही कम्युनिकेशन (वार्तालाप) करना सीखें। उन्हें क्या हुआ? क्या हो रहा है? ये वे माता-पिता के साथ खुलकर कर बता पाएँ। अपने आपको बता पाएँ कि मेरे साथ क्या चल रहा है? उसी तरह माता-पिता भी बच्चों के साथ खुलकर बातें कर पाएँ। बच्चों की शरारतों से माता-पिता को किस तरह की परेशानी हो रही है, यह उन्हें

महसूस कराएँ। बच्चों के बारे में आप सोचते हैं कि वे नहीं समझ पाएँगे मगर बच्चे बहुत कुछ समझते हैं इसलिए बच्चों के साथ वार्तालाप करने की आदत बचपन में ही तैयार हो। जब कुछ परेशानी होती है या समस्या आती है तब लोग सोचते हैं कि अब क्या करें? अब हम एक साथ बैठकर समस्या को सुलझाएँगे लेकिन यह तैयारी बहुत पहले से ही होनी चाहिए। कसरत, व्यायाम, कब करना ज्यादा उचित है? बीमार होने के बाद या बीमार होने के बहुत पहले? सामान्य ज्ञान रखनेवाले लोग जानते हैं कि अगर पहले से ही कसरत, व्यायाम करना शुरू किया तो बीमार ही नहीं होंगे और अगर बीमार हो भी गए तो बहुत जल्दी तंदुरुस्त बनेंगे। इसी तरह बच्चों से वार्तालाप की तैयारी, ऐसी आदत है जो पहले से ही शुरू होनी चाहिए ताकि माता-पिता और बच्चों में कभी दरारें न आएँ। अगर कुछ मन मुटाव होता भी है तो वार्तालाप से वह सदा मिट भी जाए इसलिए वार्तालाप की तैयारी पहले से ही होनी चाहिए।

सभी एक ही परिवार में रहते हैं, सभी एक-दूसरे के शुभचिंतक हैं। सभी खुशी चाहते हैं फिर भी झगड़े क्यों होते हैं? मन मुटाव क्यों होता है? इस पर सोचकर देखें तो कारण पता चलेगा कि माता-पिता और बच्चों के बीच में वार्तालाप का न होना। यह वार्तालाप जब शुरू होगा तो जो आदतें, वृत्तियाँ (Patterns) एक-दूसरे के अंदर तैयार हो चुकी हैं, वे अपने आप टूटने लगेंगी। पिताजी में अगर अहंकार की वृत्ति है कि 'मैं कैसे अपने बच्चे के साथ बात करूँ? कैसे उसकी राय लूँ?' तो जब बच्चे से वार्तालाप शुरू होगा तब पिताजी की यह वृत्ति टूट जाएगी। बच्चों का अगर डर का पैटर्न है तो इस वार्तालाप से वह निकल जाएगा।

<blockquote>
सकारात्मक शब्दों में वह तरंग है
जो आपको स्वास्थ्य प्रदान करती है
इसलिए सदा अपने बच्चों के साथ
आशावादी व प्रेरणा देनेवाले शब्द इस्तेमाल करें।

-सरश्री
</blockquote>

अध्याय ४

आप अपने बच्चों के लिए जो आज और अभी यानी वर्तमान में कर रहे हैं, उसे बेहतर करें। जो आपने कल किया यानी भूतकाल में, उससे सीखकर उसे भूल जाएँ। जो आप कल करेंगे यानी भविष्यकाल में, वह बेहतरीन होगा यह विश्वास रखें।

-सरश्री

शिल्पकार बनना, माता-पिता का कर्तव्य
अमीर माता-पिता के लिए दो बातें

आजकल यह देखा जाता है कि लोग जब एक-दूसरे से मिलते हैं तो वे आपस में कहते हैं कि 'हमारे बच्चे बड़े जिद्दी हो गए हैं, किसी का भी नहीं सुनते, ऐसा क्यों करते हैं?'

ऐसा कहते वक्त क्या कभी आपने इस बात पर गौर किया है कि इसके लिए कौन जिम्मेदार है? अगर सोचेंगे तो जवाब आएगा कि 'हम ही उसके लिए जिम्मेदार हैं।'

आज की दुनिया एक दिखावा और माया का आकर्षण है। हमें सभी सुख-सुविधा बिना कष्ट किए, बिना मेहनत किए चाहिए और वह भी जल्द से जल्द चाहिए। फिर वह पाने के लिए आप सोचते हैं कि कोई भी मार्ग क्यों न अपनाना पड़े! आजकल बच्चे आपसे क्या सीख रहे हैं? हमारे अंदर वे क्या देख रहे हैं? वही, जो हम सब कर रहे हैं।

आप बच्चों को यह नहीं सिखाते पर बच्चे आपको देखकर और सुनकर सब सीख जाते हैं। बच्चे ने अगर किसी चीज की जिद की तो उसकी वह जिद तुरंत पूरी की जाती है, बिना यह सोचे कि उसकी जरूरत है भी या नहीं। माता-पिता सोचते हैं कि मेरे बच्चे के पास अच्छी-अच्छी, महँगी चीजें रहें ताकि हम अपने दोस्तों में अपना बड़प्पन दिखा सकें परंतु इसका परिणाम बच्चे जिद्दी और पैसे उड़ानेवाले बन जाते हैं। ऐसे बच्चे बड़े होकर भविष्य में हालात का सामना नहीं कर पाते हैं। कोई भी गलत रास्ता अपनाकर वे अपनी इच्छा, आकांक्षा, जरूरत पूरी करना चाहते हैं इसलिए आज की युवा पीढ़ी अच्छे-बुरे में फर्क नहीं कर पाती है। कोई चीज अगर उनके पास नहीं है तो उन्हें उस चीज की कमी लगती है, अपमान लगता है। 'मेरे दोस्त मेरे बारे में क्या सोचेंगे?' यह सवाल उनके मन में आता है। पैसा जो समृद्धि का रास्ता है, वे उसे मंजिल मान लेते हैं।

ऐसे जिद्दी बच्चों को बचपन में ही यदि यह समझ दी जाए कि 'संयम रखना, सोच-समझकर पैसे खर्च करना, आपके लिए भविष्य में काम आएगा' तो यही बच्चे बड़े होकर अच्छे नागरिक बनेंगे।

माता-पिता का पैसा कई बार बच्चे के लिए अभिशाप बन जाता है। वे मेहनत से दूर भागने लगते हैं और अपनी शक्तियों को जानने से महरूम रह जाते हैं। वे बच्चे मेहनत का स्वाद कभी ले नहीं पाते। वे कभी सच्ची भूख महसूस नहीं कर पाते क्योंकि भूख लगने से पहले ही उन्हें खाना मिल जाता है। अमीर माता-पिता के बच्चे जीवन की दौड़ में कई बार गरीब सिद्ध होते हैं। वे अपना एक छोटा सा कार्य भी खुद नहीं कर पाते हैं। जीवन की चुनौती क्या होती है, अपने अंदर की शक्तियाँ कैसे जागृत होती हैं, हमारी जरूरत क्या है? चाहत क्या है? लक्ष्य क्या होना चाहिए? कभी जान नहीं पाते।

जरूरत या चाहत✱ (नीड ऑर वॉन्ट) का महत्त्व अगर बच्चा बचपन में ही सीखता है तो अन्य बातों में अच्छे और बुरे का फर्क वह अपने आप जान जाता है।

अगर आपको बच्चों के जीवन का शिल्पकार बनना है तो पहले अपनी मूर्ति तराशें तब ही आप बच्चों को एक अच्छा इंसान बना सकेंगे और यह आप ही कर सकते हैं, आपको ही करना है।

✱जरूरत या चाहत, पैसे खर्च करते वक्त सोचना अति आवश्यक है। अधिक जानकारी के लिए तेजज्ञान फाउण्डेशन द्वारा प्रकाशित पुस्तक 'पैसा रास्ता है, मंजिल नहीं' पढ़ें।

> पहले इंसान आदतों को बनाता है, फिर आदतें इंसान को बनाती हैं इसलिए अपने बच्चों के अंदर सदा नए, अच्छे गुण आत्मसात करने की आदत डालें।
>
> -सरश्री

कच्चा, अच्छा, सच्चा-बच्चा
अपने बच्चे को समझें (Know thy child)

हर बच्चा जब जन्म लेता है तब वह कच्चा होता है, अच्छा होता है और सच्चा होता है। इसे आगे विस्तार से समझें।

◈ **कच्चा बच्चा :**

बच्चा जब कच्चा होता है तब आपको उसके लिए कुम्हार की भूमिका करनी है। जब कुम्हार कच्ची मिट्टी के गोले से बड़ा घड़ा बनाता है तब वह जो करता है, वही आपको करना है। एक मिट्टी का गोला जो कच्चा होता है, उसे कुम्हार जैसा चाहे वैसा आकार देता है। जिस तरह कुम्हार एक गोल फिरते हुए चक्र पर मिट्टी के गोले को रखकर उसे अंदर से एक हाथ का सहारा देते हुए धीरे-धीरे छोटा मटका बनाता है। फिर हाथ में एक लकड़ी लेकर बाहर से थपथपाकर बड़ा सुंदर घड़ा बनाता है। अंत में कुम्हार उसे आँवे (अंगार) में डालकर पकाता है, उसके बाद

वह घड़ा पानी भरने लायक बनता है। उसी तरह बच्चे का भी लालन-पालन होता है। बच्चा जब छोटा होता है तब इस माया की घूमती दुनिया में उसे अपने प्यार का सहारा देकर बड़ा करना होता है। फिर बड़ा करते हुए उसे बाहर से कभी-कभी थपथपाना भी पड़े तो जरूर थपथपाएँ। जब बच्चा बड़ा होता है तब हालात की आग में या परिस्थिति के चटके देकर उसे पक्का करना होता है ताकि उस घड़े में हमेशा तेजज्ञान का पानी भरा रहे।

◈ **अच्छा बच्चा :**

बच्चा हमेशा अच्छा ही होता है। वह हमेशा अच्छा ही सोचता है। बच्चा हर चीज को एक ही आश्चर्य भाव से देखता है। हर चीज उसे नई और अच्छी लगती है इसलिए वह हर चीज को हाथ से छूकर देखना और महसूस करना चाहता है। उसमें अभी अच्छे-बुरे की तुलना करनेवाला (कॉन्ट्रास्ट) मन तैयार नहीं हुआ होता। फिर माता-पिता ही उसे अच्छे-बुरे का एहसास करवाते हैं।

◈ **सच्चा बच्चा :**

बच्चा कपटमुक्त होता है यानी सच्चा होता है। बच्चा हमेशा वही कहता है, जो वह कहना चाहता है। जैसे उसे लगता है, वह वैसा कहता है इसलिए जब बच्चा कुछ बोलता है तब उसे ध्यान से सुनें।

कुछ बातें माता-पिता को उसके बचपन से ही करनी जरूरी होती हैं। बच्चा जब कच्चा होता है तब उसमें बचपन से ही ऐसी आदतें डालें, जो आगे चलकर उसके लिए फायदेमंद साबित हों। 'पहले इंसान आदतें बनाता है फिर आदतें इंसान को बनाती हैं' तो क्यों न हम अपने बच्चों में ऐसी आदतें, ऐसे संस्कार डालें, जो उसके बड़े होने पर उसे मदद करें। फिर वह अच्छा ही बनेगा और जब अच्छा बनेगा तो सच्चा ही रहेगा। सभी माता-पिता चाहते हैं कि उनका बेटा होनहार बने, उनका नाम रोशन करे। अच्छी पढ़ाई करे, तरक्की करे परंतु ये सब तब होगा जब माता-पिता उस बच्चे को अपनी ओर से कुछ देंगे।

सबसे पहले आपको देना है 'समय'। जो माता-पिता अपने बच्चे को समय नहीं दे पाते, वे बहुत बड़ी चीज खो देते हैं। समय एक ऐसा उपहार है जो हर बच्चा अपने माता-पिता से चाहता है। अनेक माता-पिता अपने बच्चों को बहुत कुछ देते हैं, केवल समय ही नहीं दे पाते। जब आप पेड़ से अच्छे फल की अपेक्षा करते हैं तो

उसके लिए पेड़ को पानी देना होगा, खाद देना होगा, सुरक्षा देनी होगी तभी वह पेड़ अच्छे फल देगा। बच्चा भी ऐसा ही है अगर आप उसमें अच्छे गुण देखना चाहते हैं तो उसे ध्यान और बेशर्त प्रेम देना होगा। एक तेज संसारी माता-पिता ये सब अपने बच्चे को दे सकते हैं। तेज संसारी यानी वे माता-पिता जो अपने आपमें ऐसे कुछ गुण रखते हैं, जिससे वे अपने बेटे के लिए एक आदर्श माता-पिता (रोल मॉडल) कहलाते हैं। तेज संसारी माता-पिता बच्चों से संबंधित पाँच महत्वपूर्ण बातें हमेशा ध्यान में रखते हैं। जैसे :

१) अपने बच्चे की तुलना दूसरे बच्चे से न करें :

सबसे पहली बात यह आती है कि सभी बच्चे अलग-अलग होते हैं यानी हर बच्चा कुछ न कुछ गुण रखता ही है। तेज संसारी माता-पिता कभी भी अपने बच्चे की तुलना किसी और बच्चे से नहीं करते। पड़ोसी के बेटे ने परीक्षा में ९०% मार्कस् लिएऔर उनका बेटा अगर ६०% मार्कस् लेता है तो वे उसकी तुलना पड़ोसी के बेटे के साथ कभी नहीं करते क्योंकि वे जानते हैं कि परीक्षा में ज्यादा मार्कस् नहीं लिए तो क्या हुआ, स्कूल के क्रिकेट टीम का वह कप्तान तो है, क्रिकेट खेल में तो वह अव्वल है। हर शरीर अलग-अलग स्वभाव का होता है और अलग-अलग क्षेत्र में माहिर होता है। तेज संसारी माता-पिता अपने बच्चे में जो गुण हैं, उन्हें बढ़ावा देते हैं।

२) बच्चा माँगना सीखता है :

दूसरी बात जो तेज संसारी माता-पिता जानते हैं कि बच्चा हर वक्त जो कुछ भी चाहता है, ज्यादा ही चाहता है और क्यों न चाहे? बच्चों को ज्यादा माँगने का अधिकार है। बड़े भी तो ज्यादा चाहते हैं - जैसे ज्यादा समय, ज्यादा पैसा, बड़ी गाड़ी, बड़ा बँगला। फिर बच्चे अगर कुछ ज्यादा चाहते हैं तो क्या हुआ? बच्चा भी अपने लिए ज्यादा माँग सकता है। जब बच्चा ऐसे माँगता है तो उसमें यह गुण विकसित होता है कि कैसे माँगा जा सकता है? कैसे बातचीत द्वारा लेन-देन कर सकते हैं, जिससे वह एक व्यवहार कुशल नागरिक बन सकता है। एक अच्छा भाव-तोल करनेवाला बन सकता है क्योंकि बच्चा बड़ों से यह सीख जाता है कि 'अगर मैं माँगूँगा तो मुझे मिलेगा (आस्क एण्ड यू विल रिसीव्ह)।' तेज संसारी माता-पिता यह जानते हैं इसलिए वे अपने बच्चों को सही माँग (निगोशीएट) करना, सही माप-भाव-तोल करना सिखाते हैं।

३) बच्चे को गलतियाँ करने का पूर्ण हक है :

तीसरी महत्वपूर्ण बात तेज संसारी माता-पिता जानते हैं, वह यह कि बच्चे गलतियाँ कर सकते हैं, उन्हें गलती करने का पूर्ण अधिकार है। बड़े भी गलतियाँ करते हैं, फिर बच्चा गलती करता है तो क्या हुआ? उस गलती से वह कुछ सीख रहा है। बहुत सारे माता-पिता अपने बच्चों की गलती पर उसे गुस्सा करते हैं या यह कहते हुए कि 'तूने कितनी बड़ी गलती की!' उसका हौसला कम करते हैं। मगर तेज संसारी माता-पिता जानते हैं कि बच्चा गलती करेगा तो उसे सुधारना भी सीखेगा। वह गिरेगा तो उठकर खड़ा रहना सीखेगा। तेज संसारी माता-पिता बच्चे की गलती पर हँसते नहीं हैं या उससे चिढ़ते नहीं पर वे बच्चे से कहते जरूर हैं कि 'तूने इस गलती से क्या सीखा?' जिस गलती से बच्चे ने कुछ सीखा होता है, वह सीख बच्चों को जीवनभर याद रहती है। इस तरह आपका एक सही शब्द भी बच्चों को प्रोत्साहित करता है, आगे बढ़ाता है।

४) बच्चे की भावना व्यक्त करने का अलग-अलग ढंग :

चौथी बात तेज संसारी माता-पिता यह जानते हैं कि बच्चे कुछ बातें नकारात्मक भाव से बताते हैं और ऐसा करना उनके लिए कभी-कभी आवश्यक होता है। छोटे बच्चे को यदि कुछ पसंद नहीं है तो वह कैसे बताएगा? वह रोएगा, गुस्सा करेगा, चिल्लाएगा, उदास हो जाएगा, चुप बैठेगा। वह ऐसा क्यों न करे? क्या रोना गलत है? अगर बच्चे को अपनी नाराजगी बतानी है तो वह रोएगा। तेज संसारी जानते हैं कि कुछ प्रतिक्रिया करके बच्चा अपनी भावना व्यक्त कर रहा है तो वह उसे उस ढंग से समझाते हैं। उसका गुस्सा कम करते हैं, नाराजगी दूर करते हैं। बड़े अपनी नाराजगी बोलकर बता सकते हैं मगर एक छोटा बच्चा इस तरह के भाव से ही व्यक्त करेगा।

५) बच्चा 'अपनी बात सही ढंग से प्रस्तुत' करना सीखता है :

पाँचवीं बात तेज संसारी यह जानते हैं कि किसी बात के लिए कभी बच्चा ना भी कह सकता है। कुछ बातों के लिए बच्चा ना कहे तो क्या हर्ज है! अगर बड़े कुछ बातों के लिए 'ना' कहते हैं तो छोटा बच्चा भी हमारी बातों के लिए 'ना' कह सकता है। ये बात तेज संसारी माता-पिता जानते हैं और वे समझते भी हैं कि बच्चा हमारी हर बात क्यों माने। वह 'ना' कहकर एक गुण अपने आपमें बढ़ा सकता है, वह गुण है 'डिबेट करना', अपनी बात सही ढंग से प्रस्तुत करना, अपना दृष्टिकोण

सामनेवाले को बता पाना।

ये पाँच बातें हर तेज संसारी माता-पिता जानते हैं इसलिए वे ना तो अपने बच्चों की तुलना किसी और बच्चे से करते हैं, ना ही उसे हर बात में दबाते रहते हैं। वे जानते हैं कि बच्चा गलतियाँ करेगा और उससे सीखेगा भी। बच्चे को जो पसंद नहीं है, उसके लिए वह 'ना' कह सकता है और यह ट्रेनिंग उसे जब वह बड़ा होगा तब काम में आएगी। तेज संसारी अपने बच्चे को वह बात सिखाते हैं, जो उसे एक अच्छा नागरिक, अच्छा इंसान बनाती है। अतः हम भी तेज संसारी माता-पिता बनें।

कुछ माता-पिता बच्चों से बहुत कुछ उम्मीद रखते हैं मगर क्या जो बच्चा आपसे चाहता है, वह आप उसे देते हैं? आदर्श माता-पिता अगर बनना है तो कुछ बातें सीखनी होंगी, कुछ छोड़नी होंगी, कुछ अपनानी होंगी।

अब हम यह समझेंगे कि कितने प्रकार के माता-पिता होते हैं और उनमें से कौन से माता-पिता हम बनना चाहेंगे। बच्चे कुछ बातें किनके द्वारा सीखते हैं, ये बातें आप अगले अध्याय में जानेंगे।

आप बच्चे को गोद में लेना चाहते हैं,
उसे गले लगाना चाहते हैं,
इसके पीछे कारण है कि बच्चे के अंदर ईश्वरीय
अनुभव व प्रेम जागृत अवस्था में होता है।

-सरश्री

अध्याय ६

> आपके बच्चे के लिए जो आज हो सकता है, उसे कल पर न टालें। आपके आनेवाले कल का आधा समय, आज के काम, जो आपने नहीं किए थे, निपटाने में चला जाएगा। बच्चा हाथ से निकल जाएगा, वह अपनी हानि कर लेगा।
>
> -सरश्री

छः तरह के माता-पिता
तेज माता-पिता के दस गुण

आज तक देखा गया है कि निम्नलिखित छः प्रकार के माता-पिता होते हैं:

१) **मोह मूढ़ित बच्चों के गुलाम : बच्चों की हर जिद पूरी करनेवाले माता-पिता**

इस प्रकार के माता-पिता यह बिलकुल नहीं जानते कि बच्चों का हित किसमें है। वे यह नहीं जानते कि बड़ा होकर बच्चा कैसे उन्नति कर सकता है? कैसे तंदुरुस्ती पा सकता है? कैसे खुशी, आनंद ले सकता है? ये माता-पिता अपने बच्चे को अपनी ही दुनिया में रखते हैं, उनकी हर जिद पूरी करते हैं।

इनमें दो प्रकार के माता-पिता होते हैं। जिनमें कुछ माता-पिता अपने बेटे को ही सब कुछ मानते हैं और अपनी बेटी को अपने भाई का गुलाम समझते हैं। दूसरे बेटी को ही सब कुछ मानते हैं। जिस कारण घर के सारे सदस्य उसके नखरे उठाते हैं। इस तरह के बच्चे अपने माता-पिता का सुनते तो हैं लेकिन बड़े होकर बिगड़ जाते हैं। माता-पिता

से अपनी मनमानी करवाते रहते हैं। माता-पिता का लाड़-प्यार बच्चों के लिए विष बन जाता है।

बच्चों के गुलाम माता-पिता हमेशा मोह वश बच्चे की हर गलत जिद पूरी करते रहते हैं। वे मोह को प्यार समझते हैं। मोह वश वे बच्चे को बिगाड़ देते हैं। उन्हें बच्चे से आसक्ति हो जाती है, इस वजह से ऐसे बच्चे जल्दी सुधर नहीं पाते बल्कि बिगड़ जाते हैं।

२) बच्चों से परेशान (भयभीत) माता-पिता : बच्चों से डरनेवाले माता- पिता

इस तरह के माता-पिता यह सोचते हैं कि बच्चों की जिद नहीं मानी तो बच्चे बिगड़ जाएँगे। इस डर से वे अपने बच्चों की हर इच्छा और जिद पूरी करते रहते हैं। जिस कारण वे सदा बच्चों से परेशान रहते हैं। उनके बच्चे उनकी बिलकुल नहीं सुनते।

जो माता-पिता भयभीत हैं, वे यह सोचते हैं कि कहीं बच्चे को उनकी बातों का धक्का न लग जाए और बच्चा घर से भाग न जाए। इस डर से वे हमेशा बच्चे के साथ रहते हैं और बच्चे को खिलने से रोकते हैं। ऐसे माता-पिता सदा डर की वजह से बच्चे के सिर पर ही सवार रहते हैं।

३) व्यस्त (नो टाईम/लापरवाह) माता-पिता : बच्चों को समय न देनेवाले माता-पिता

अगर माँ और पिताजी दोनों नौकरी करते हैं तो वे अपने बच्चों को उतना समय नहीं दे पाते, जितना देना चाहिए। इससे बच्चे बुरी आदतों का शिकार बनते हैं या फिर अकेलापन महसूस करते हैं।

नौकरी करनेवाले माता-पिता बच्चे को समय नहीं दे पाते। उनके पास समय न होने की वजह से वे बच्चे पर क्रोध करते हैं। जो माता-पिता बच्चे को ज्यादा सज़ा (पनिशमेंट) देते हैं, वे नो टाईम माता-पिता हैं। समय न होने की वजह से ऐसे माता-पिता बच्चे के साथ उस वक्त की जरूरत अनुसार, उसे कभी डाँट-फटकारकर या कभी मारकर चुप कराते हैं। वे इतने सख्त होते हैं कि कभी-कभी छड़ी का भी इस्तेमाल करते हैं। इस तरह उस वक्त की समस्या को माता-पिता जल्दबाजी में, समय न रहने की वजह से गलत ढंग से सुलझाते हैं। बच्चे को मारकर माता-पिता अस्थायी इलाज करते हैं। ऐसे माता-पिता बच्चे को समय न देकर जब पार्टी में जाते

हैं तब वे बच्चे घर में बैठकर अकेलापन तो महसूस करते ही हैं, इसी के साथ-साथ सिकुड़ भी जाते हैं।

४) स्वार्थी (सेल्फिश) माता-पिता : स्व-केंद्रित माता-पिता

इस प्रकार के माता-पिता सिर्फ अपने बारे में सोचते हैं, वे अपने बच्चों के बारे में सोचते ही नहीं। खाना खाते वक्त यदि उनके पसंद की कोई सब्जी बनी है तो वे बच्चों का कुछ हिस्सा खा जाते हैं। इस तरह के माता-पिता अपने सुख व आराम के लिए अपने बच्चों से काम करवाते हैं। इस प्रकार के माता-पिता की संख्या समाज में कम है लेकिन कुछ माता-पिता ऐसे होते हैं।

स्वार्थी माता-पिता को बच्चों के विकास से कुछ लेना-देना नहीं होता। वे सिर्फ यही चाहते हैं कि बच्चे बड़े होकर उनकी सेवा करें। वे बच्चे को अपनी पूँजी (इनवेस्टमेन्ट) समझकर ही पालते हैं। बच्चे बड़े होकर उनकी सेवा करेंगे, इस इच्छा की खातिर वे उनका लालन-पालन करते हैं। वहाँ प्रेम की भावना नहीं है, केवल स्वार्थ है।

५) उग्र (स्ट्रिक्ट) माता-पिता : क्रोध के द्वारा बच्चों पर अंकुश लगानेवाले माता-पिता

इस तरह के माता-पिता हर गलती पर अपने बच्चों को डाँटते हैं, क्रोधित होते हैं। वे अपने बच्चों की बात कभी नहीं मानते। वे गुस्सा करके ही बच्चों को अनुशासित करना चाहते हैं। वे यह नहीं जानते कि इस तरीके से बड़े होकर वे बच्चे दूसरों के साथ, अपने बच्चों के साथ भी ऐसा ही व्यवहार करेंगे, जैसा उनके साथ हुआ। इस तरह के बच्चों का हृदय सिकुड़ जाता है। ऐसे बच्चे बड़े होकर प्रेम को कभी समझ नहीं पाते।

६) तेज संसारी (तेज) माता-पिता : बच्चों के बारे में पूरी जानकारी रखनेवाले माता-पिता

कुछ तेज माता-पिता होते हैं। तेज माता-पिता 'तेज संसारी' हैं। वे अनुशासनप्रिय माता-पिता हैं इसलिए वे बच्चों को भी अनुशासन का महत्त्व समझाते हैं। तेज माता-पिता बच्चों के साथ सही ढंग से वार्तालाप करते हैं, जिस वजह से बच्चे उन्हें समझ पाते हैं। ऐसे परिवार में माता-पिता और बच्चों में एक प्लेटफॉर्म (विचारों को आदान-प्रदान करने का मंच) बना रहता है।

इस तरह के माता-पिता अपने बच्चों की हमेशा उन्नति चाहते हैं। उनके विकास

के लिए मदद करते हैं। बच्चों के जीवन में सबसे उच्चतम चीज क्या है और बच्चा उसे कैसे हासिल करे, इसकी शिक्षा वे बच्चों को देते हैं।

ऊपर बताए गए छः तरह के माता-पिता में से छठवें तरह के तेज संसारी माता-पिता सही ज्ञान रखनेवाले माता-पिता हैं। आपको भी छठवें तरह के माता-पिता बनना है, जो नीचे दी गई दस बातें हमेशा जानते हैं।

◈ **तेज माता-पिता की भूमिका (रोल)**

१) तेज संसारी माता-पिता को उनका बच्चा प्यारा लगता है किंतु वे सिर्फ बच्चों के लिए ही आत्मकेंद्रित नहीं होते।

२) ये माता-पिता अपने बच्चों को अपनी जायदाद नहीं मानते। बच्चा अपनी मालकियत बनाने का साधन नहीं है, यह वे अच्छी तरह से जानते हैं।

३) ये माता-पिता जानते हैं कि उनका बच्चा इस दुनिया में उनके द्वारा आया है, वे उनके मालिक नहीं हैं। वे जानते हैं कि बच्चे ईश्वर की अमानत हैं, माता-पिता की इच्छा पूर्ति करने का साधन नहीं हैं।

४) ये माता-पिता अपने बच्चों से हमेशा सुसंवाद करते हैं। बच्चों की हर बात का जवाब देते हैं।

५) ये माता-पिता बच्चे के विकास में रुकावटें नहीं डालते बल्कि उन्हें उनके शारीरिक, मानसिक, आर्थिक, सामाजिक और संपूर्ण विकास के लिए हमेशा प्रेरित करते हैं।

६) ये माता-पिता बच्चों को 'क्या करें' और 'क्या नहीं करें' इसकी पहचान करवाते हैं। बच्चों की विवेक शक्ति जगाते हैं, जिससे बच्चों को नए प्रयोग करने के लिए प्रोत्साहन मिलता है। वे बच्चों द्वारा की गई गलती को माफ करते हैं। वे जानते हैं कि बच्चे गलती करके सीखते हैं।

७) सबसे महत्वपूर्ण बात ये माता-पिता अपने बच्चों की तुलना किसी दूसरे बच्चे से कभी नहीं करते और ना ही कभी उन्हें नीचा दिखाते हैं। वे अपने व्यवहार से बच्चों में रूपांतरण लाते हैं।

८) तेज माता-पिता उनके बच्चों का संग किन दोस्तों से है यह समय-समय पर जाँचते रहते हैं। बच्चे किन दोस्तों के साथ उठते-बैठते हैं, यह खयाल वे रखते

हैं। माता-पिता कभी-कभार बच्चों के दोस्तों के साथ भी वार्तालाप करते हैं, जिससे उन्हें बच्चों के मित्रों के स्वभाव की जानकारी भी मिलती है।

तेज माता-पिता बच्चों के दोस्तों के साथ घुल-मिलकर उनके दोस्तों की और अपने बच्चों की बुरी आदतें और व्यसनों की जानकारी हासिल करते हैं। यदि बच्चे में कोई बुरी आदत हो तो तेज माता-पिता धीरे-धीरे बच्चों का संग बदलने की, उनका संग छुड़वाने की कोशिश करते हैं। वे यह जानते हैं कि बच्चों के विकास के लिए अच्छा संग अच्छा होना भी जरूरी है।

९) ये माता-पिता बच्चों से उनकी पढ़ाई के बारे में कुछ सवाल पूछकर यह जानकारी प्राप्त करते हैं कि पढ़ाई में बच्चे की कितनी प्रगति हुई है।

१०) तेज माता-पिता की यह जिम्मेदारी होती है कि वे यह खयाल रखें कि बच्चों का संग हमेशा अच्छा रहे। जो माता-पिता सही निर्देशक की भूमिका निभाते हैं, उनके लिए बच्चों को अच्छे संग में रखना आसान हो जाता है।

आत्मविकास का लक्ष्य है
फिर से बच्चा बनना, कच्चा बनना,
अच्छा बनना और सच्चा बनना।
सच्चा बनना यानी जो आप हैं उसे जानना, वही बनकर जीना।

-सरश्री

हर बच्चा माता-पिता से प्रेम और ध्यान चाहता है। यदि बच्चे को माता-पिता द्वारा ध्यान और प्रेम मिला तो वह अवश्य ही वैसा बनेगा, जैसा माता-पिता ने उसके लिए सोचा है।

-सरश्री

बच्चों के लव बैंक की परिभाषा जानें
बच्चों का शब्दकोश पढ़ें

हर बच्चे का शब्दकोश अलग होता है। हर शब्द की परिभाषा अलग होती है। प्रेम शब्द की परिभाषा बच्चे के शब्दकोश अनुसार अलग-अलग होती है। माता-पिता के प्रेम की परिभाषा बच्चे के प्रेम की परिभाषा से अलग होती है इसलिए हर माता-पिता को अपने बच्चे का शब्दकोश जानना चाहिए। नीचे कुछ प्रेम के अर्थ दिए गए हैं, जो बच्चे महसूस करना चाहते हैं। ये तरीके जानकर अपने बच्चों का सर्वश्रेष्ठ विकास करें।

१) स्पर्श चाहनेवाले बच्चे :

हर बच्चे के प्रेम की परिभाषा अलग होती है। कुछ बच्चे चाहते हैं कि उनके माता-पिता उन्हें स्पर्श करें, उन्हें गले लगाएँ। कुछ माता-पिता बच्चों को प्यार करते हैं परंतु उन्हें स्पर्श नहीं करते हैं तो बच्चों को लगता है कि हमें प्यार ही नहीं मिला।

माता-पिता जब बच्चे को गले लगाते हैं तब बच्चे को लगता है कि वे हमसे प्यार करते हैं। इस तरह कुछ बच्चों की लव बैंक स्पर्श से भरती है। अगर आपके बच्चे की बैंक इस तरह भरती है तो आप जरूर उन्हें अपने प्यार के स्पर्श से विकसित करें।

२) **तारीफ चाहनेवाले बच्चे :**

कुछ बच्चे कहते हैं उन्हें स्पर्श नहीं किया तो चलेगा मगर उनके लिए कम से कम अच्छे शब्द बोले जाएँ। बच्चे ने कुछ अच्छा किया हो तो उनकी तारीफ की जाए, उनके लिए सराहना के दो शब्द कहे जाएँ। ऐसे बच्चों को जब माता-पिता द्वारा कहा जाता है कि 'मुझे तुम पर नाज है (I am proud of you) या उसके द्वारा बनाई गई ड्राइंग पर उसे अच्छी तारीफ मिलती है तो उसके लिए यही पर्याप्त है। उसकी लव बैंक इसी से भर जाती है। आप भी अपने बच्चे की तारीफ करने के लिए जरूर मौका ढूँढ़ें।

३) **तोहफा चाहनेवाले बच्चे :**

कुछ बच्चे तोहफा चाहते हैं। वे कहते हैं, 'हमें शब्द मत दो, कुछ वस्तु दो।' फिर वह वस्तु कितनी भी छोटी, कितनी भी सस्ती क्यों न हो, बच्चे उसी से खुश हो जाते हैं। यह भेंट एक छोटा सा फूल, ग्रीटिंग कार्ड या पेन्सिल बॉक्स भी हो सकता है। ऐसे बच्चे चाहते हैं कि उन्हें गिफ्ट लाकर दें तो ही उन्हें यकीन आता है कि हमसे कोई प्यार करता है। वे हर बार माता-पिता से अपने प्यार का सबूत गिफ्ट पाकर चाहते हैं। यदि उन्हें गिफ्ट न मिलकर, बाकी सब कुछ स्पर्श, तारीफ मिलती है तो भी वे यह समझते हैं कि हमें कोई प्यार ही नहीं करता।

४) **ध्यान चाहनेवाले बच्चे :**

कुछ बच्चे चाहते हैं कि वे जो कार्य कर रहे हैं, उसमें माता-पिता उनका हाथ बटाएँ। जैसे वे कागज़ काटकर कुछ बना रहे हैं तो माता-पिता भी कैंची लेकर उनके साथ काम करें, तभी उन्हें लगता है माता-पिता उन्हें प्यार करते हैं। वे चाहते हैं कि कोई उन्हें सिर्फ यह बताते रहे कि वह सही मार्ग पर जा रहा है कि नहीं। ऐसे बच्चे काम करने के लिए उत्सुक रहते हैं। वे लगातार काम करने को तैयार रहते हैं मगर माता-पिता का ध्यान अपनी ओर चाहते हैं।

५) **समय चाहनेवाले बच्चे :**

कुछ बच्चे माता-पिता से समय चाहते हैं। वे कहते हैं कि कुछ मत करो सिर्फ

हमारे साथ रहो। वे सिर्फ माता-पिता की उपस्थिति चाहते हैं।

६) सीधे शब्द चाहनेवाले बच्चे :

कुछ बच्चे अपने माता-पिता से सीधे शब्द चाहते हैं कि माता-पिता सीधे शब्दों में बच्चे से कहें कि वे उनसे बहुत प्यार करते हैं। उन्हें सीधे शब्द बहुत पसंद आते हैं। ऐसे बच्चे कुछ शब्द सुनकर ही बहुत सारा कार्य करने के लिए तैयार हो जाते हैं। जब आप ऐसे बच्चों को किसी विषय की जानकारी अथवा किताब लाकर देते हैं तब वे बहुत प्रसन्न होते हैं। हर बच्चे की लव बैंक अनुसार उन्हें अपना लक्ष्य पाने में प्रेरणा दें।

कभी ऐसा भी हो सकता है कि किसी बच्चे को दो तरह के प्रतिसादों (उदा. समय और उपहार) की जरूरत होगी। यह जरूरी नहीं है कि उसे एक ही बात की जरूरत हो। हर तरह के बच्चे हो सकते हैं। समय-समय पर बच्चों के प्रति अपना प्रेम अभिव्यक्त करें वरना कई माता-पिता बच्चे को प्यार करने के बावजूद भी उन्हें बता नहीं पाते और कभी समझ नहीं पाते इसलिए बच्चों की लव बैंक की परिभाषा जानने की कोशिश करें।

उपरोक्त बताए गए बच्चों की लव बैंक के छः प्रकार में से आपको अपने बच्चे की लव बैंक समझनी होगी और उस तरीके से उसे प्यार देना होगा।

माता-पिता बच्चे के पहले टीचर हैं
और टीचर बच्चे के दूसरे माता-पिता हैं।
बच्चे माता-पिता के टीचर और
टीचर के सच्चे शिष्य बन सकते हैं।

-सरश्री

अध्याय ८

जैसे-जैसे माता-पिता बच्चों के साथ वार्तालाप करते हैं, उन्हें कहानियाँ सुनाते हैं, वैसे-वैसे बच्चे माता-पिता के साथ खुलने लगते हैं, वे माता-पिता के साथ अपने आपको सुरक्षित महसूस करने लगते हैं।

-सरश्री

पिता-जी (PITA-G) का असली अर्थ
मार और प्यार का सही संचार

यदि आपसे सवाल पूछा जाए कि आपको दुबारा अपने माता-पिता चुनने का मौका दिया जाए तो आप अपने लिए कैसे माता-पिता चुनेंगे? आप अपने माता-पिता में कौन से गुण चाहेंगे?

आपके माता-पिता में जो गुण होने चाहिए, उनमें से तीन गुण यहाँ पर दिए गए हैं। ये गुण जानने के बाद आप फैसला करें कि आपको अपने माता-पिता में कौन से गुण चाहिए।

१) पहला गुण– पी (P) :

यह पी पैसे के लिए बताया गया है। क्या आप ऐसे माता-पिता चाहेंगे, जिनके पास बहुत पैसे हों? अपने आपको ईमानदारी से बताएँ कि क्या वाकई आपको ऐसे माता-पिता चाहिए?

२) **दूसरा गुण– आय (I, Eye) :**

यह गुण आँख से संबंधित है। क्या आप ऐसे माता-पिता चाहेंगे जिनके पास समझ की आँखें हों? समझ की आँखें रखनेवाले माता-पिता यह जानते हैं कि उनके बच्चों को क्या चाहिए, उनकी क्या जरूरतें हैं। उनके पास बच्चों की जरूरतें जानने का ज्ञान है। आप स्वयं ही जाँचें कि आपको कैसे माता-पिता चाहिए? क्या दूसरे तरह के माता-पिता चाहिए, जिनके पास ज्ञान है?

३) **तीसरा गुण– टी (T, time, समय) :**

बहुत सारे माता-पिता के पास अपने बच्चों को देने के लिए भरपूर पैसा तो होता है मगर समय ही नहीं होता। ऐसे बच्चे जिन्हें अपने माता-पिता से कभी समय नहीं मिलता, वे जरूर चाहेंगे कि अगर उन्हें चुनने का मौका मिले तो वे अपने लिए समय देनेवाले माता-पिता चुनेंगे।

अलग-अलग तरह के बच्चे अपने माता-पिता में अलग-अलग गुण चाहेंगे। कुछ लोगों को पैसा ज्यादा महत्वपूर्ण लगेगा तो कुछ लोगों को ज्ञान। जिन बच्चों को अपने माता-पिता से समय नहीं मिलता, वे चाहेंगे कि उनके माता-पिता उन्हें समय दें। जिन बच्चों को उनके माता-पिता पैसे नहीं दे सकते, वे चाहेंगे कि उनके माता-पिता के पास भरपूर पैसे हों, माता-पिता उन्हें तोहफे लाकर दें, उन्हें जो चाहिए वे सभी वस्तुएँ खरीदकर दें। कुछ बच्चे ऐसे भी होंगे जो चाहेंगे कि उनके लिए माता-पिता के पास ज्ञान होना महत्वपूर्ण है।

कुछ माता-पिता के पास पैसा है लेकिन ज्ञान और समय नहीं है। कुछ माता-पिता के पास ज्ञान है लेकिन पैसा और समय नहीं है। कुछ बच्चे कहेंगे कि उन्हें ऐसे माता-पिता चाहिए जिनके पास ज्ञान न हो तो भी चलेगा मगर समय हो। कुछ बच्चे समय को महत्त्व देंगे क्योंकि वे चाहते हैं कि उनके माता-पिता उनके साथ समय बिताएँ।

ये तीनों गुण अगर माता-पिता के पास हों तो उनके बच्चों का संपूर्ण विकास हो सकता है। यह संभव नहीं है कि हर माता-पिता में ये तीनों गुण हों ही। किसी के पास एक गुण हो सकता है, किसी के पास दो गुण हो सकते हैं। किसी के पास तीनों गुण हो सकते हैं।

यहाँ पर आपको तीन विकल्प दिए गए हैं– १) ज्ञान और पैसा २) ज्ञान और

समय ३) समय और पैसा। यदि बच्चों को ऐसा सवाल पूछा जाए कि इन तीनों विकल्पों में से आपको अपने माता-पिता के लिए एक ही विकल्प चुनना हो तो आप कौन सा विकल्प (दो गुण) चुनेंगे?

अधिकतर लोग ज्ञान और समय या ज्ञान और पैसा ही चुनेंगे। ऐसे बहुत ही थोड़े लोग होंगे जो समय और पैसा चुनेंगे क्योंकि वे जानते हैं कि ज्ञान और समय है तो पैसे की भरपाई हो सकती है, पैसा कमाया जा सकता है। समझ है तो पैसा लाया जा सकता है। आज तक जो भी आपके साथ हुआ है, उस आधार पर किसी को समय महत्वपूर्ण लगेगा, किसी को पैसा ज्यादा महत्वपूर्ण लगेगा। आप विचारपूर्वक सोचें कि कौन से गुण बच्चे के विकास में सबसे ज्यादा महत्त्व रखते हैं, उन्हें आत्मसात करें।

◈ **माता-पिता में अनुशासन की जरूरत :**

पी.आय.टी. (PIT) में यदि एक और गुण जोड़ दिया जाए तो बाकी तीनों गुणों का फायदा हो सकता है। यह गुण है 'ए' (A)। 'ए' का अर्थ है अनुशासन। माता-पिता में अगर अनुशासन (डिसिप्लिन) हो तो बाकी तीनों गुणों (PIT) का लाभ लिया जा सकता है। अनुशासनहीन माता-पिता अपने बच्चों को समय देने के लिए तैयार हों मगर वे खुद अपनी परेशानियों में उलझे हुए हैं, अप्रशिक्षित (अनट्रेन्ड) हैं, चीजें यहाँ-वहाँ रखकर भूल जाते हैं, चीजें कहाँ रखी हैं, इसके लिए एक भी स्थान वे ठीक तरह से बता नहीं पाते, उनके खुद के काम समय पर नहीं होते हैं तो ऐसे माता-पिता का समय बच्चों के लिए उपयोगी नहीं है।

अगर माता-पिता में ही अनुशासन न हो तो बच्चो में भी अनुशासन नहीं आएगा। बच्चे जो देखते हैं, वही वे सीखते हैं इसलिए पैसा, समय और ज्ञान के साथ अनुशासन (अ) जोड़ दिया जाए तो हर माता-पिता का बच्चा विश्व में चमत्कार कर सकता है।

पैसा (P), ज्ञान (I), समय (T) और अनुशासन (A) इन चार शब्दों को जोड़कर 'पिता' (PITA) शब्द बनता है।

पिता घर से बाहर जाकर पैसा कमाता है और माता बच्चे के साथ घर पर रहकर उसे समय देती है। यदि माँ के इस समय का सही तरीके से उपयोग किया जाए और माँ के पास ज्ञान व अनुशासन भी है तो वह बच्चा जीवन में पूरी तरह से खिलेगा, खुलेगा। माता-पिता अगर अनुशासित हैं तो बच्चों का जीवन कैसा होगा?

वे बच्चे बड़े होकर कौन सी क्रांति लाएँगे? जिन बच्चों के माता-पिता प्रशिक्षित हैं, अनुशासित हैं उन बच्चों को बचपन से ही जीवन का लक्ष्य मिलेगा। अनुशासनहीन माता-पिता के बच्चे भी लक्ष्यहीन होकर बड़े होते हैं। वे पैसा तो कमाते हैं मगर विश्व के लिए कुछ भी नहीं कर पाते हैं। यदि माता-पिता में ऊपर दिए गए चारों गुण- पैसा (P), ज्ञान (I), समय (T) और अनुशासन (A) हैं तो वह बच्चा विश्व में बड़ी क्रांति ला सकता है।

◈ **माफ करने का महत्त्व समझें :**

'पिता' (PITA) इस शब्द में अगर एक और शब्द 'जी' (G) जोड़ दिया जाए तो वह शब्द होगा 'पिताजी'। 'जी' (G) शब्द गुरु के लिए कहा गया है। माता-पिता के यदि गुरुजी हैं और वे जब गुरुजी से ज्ञान लेते हैं तब वे माता-पिता उस ज्ञान के आधार पर बच्चे को सही और उच्च प्रशिक्षण (ज्ञान) दे पाते हैं। पिता ने यदि ज्ञान प्राप्त किया है तो वे अपने बच्चे को भी ज्ञान दिलाने में मदद करेंगे। प्रशिक्षण, अनुशासन और ज्ञान प्राप्त किया हुआ बच्चा आगे चलकर विश्व में बहुत सारे चमत्कार कर सकता है!

जी (G) के और भी अर्थ बताए गए हैं। जैसे 'जी' यानी गिविंग, फारगिविंग और अनकंडिशनल (Giving, Forgiving, Unconditional)।

जब आपके जीवन में गुरुजी आते हैं और आपको ज्ञान मिलता है तब आपको 'देने' (Giving) का महत्त्व समझ में आता है। अगर आप बच्चों की गलतियाँ माफ नहीं कर पाए तो बच्चा अपराध बोध (Guilt) के साथ बड़ा होता है। अतः माफ करना (Forgiving) बच्चे के विकास के लिए माता-पिता का बहुत बड़ा गुण है। अगर आप बच्चे को हर चीज बेशर्त (Unconditional) दे पाए तो वह भी बड़ा होकर दूसरों को बेशर्त दे पाएगा। जीवन का एक बहुत महत्वपूर्ण सबक वह सीख पाएगा।

अगर बच्चे ने यह महसूस किया कि माता-पिता द्वारा उसे कभी भी बेशर्त नहीं दिया गया, उसे कभी भी उसकी गलतियों पर माफ नहीं किया गया तो वह बच्चा किसी और को भी जल्दी माफ नहीं कर पाता है। छड़ी खाकर जब बच्चा पिता बनता है तो वह अपने बच्चे के लिए भी छड़ी का ही इस्तेमाल करता है। जो बहू गालियाँ खाकर सास बनती है, वह कैसी सास होगी? वह सास भी अपनी बहू को गालियाँ ही देगी। इस तरह यह दुश्चक्र चलता रहता है।

◈ सज़ा और प्रशंसा :

पिता इस शब्द का एक और अर्थ समझें - पी (P) यानी पनिशमेंट (Punishment) सज़ा, ए (A) यानी एप्रिसिएशन (Appreciation) प्रशंसा, I यानी इन्टेंशनली (Intentionally) फैसला करके और T यानी टाईमली (Timely) सही समय पर।

माता-पिता अपने बच्चे को समझते हुए, उसे जानते हुए, उसके प्रति अच्छी भावना रखते हुए, सही निर्णय लेकर और सही समय पर (टाईमली) बच्चे को सज़ा दें या उनकी प्रशंसा करें। सज़ा या तारीफ ये दोनों बातें बच्चों के साथ समय पर और अच्छी भावना रखते हुए की गई तो धीरे-धीरे बच्चों को सज़ा देने की आवश्यकता खत्म हो जाएगी। अकसर माता-पिता से यह गलती होती है कि वे बच्चों को गलती करने पर या उनके अच्छे कार्य करने पर सही समय पर, सही मात्रा में सज़ा नहीं देते हैं या उनकी प्रशंसा नहीं करते।

◈ बच्चे को सही समय पर सज़ा दें :

जब पहली बार बच्चा गलती करता है तब उसे उसी वक्त सही मात्रा में सज़ा दी जाए तो बाद में बड़ी सज़ा देने की जरूरत ही नहीं पड़ेगी। सही समय पर कहे गए केवल दो शब्द भी बच्चे के लिए बड़ी सज़ा हो सकती है।

सही समय पर सज़ा देना यानी कोई घटना हुई या पहली बार बच्चे ने चोरी की तो उस वक्त उसे मारा गया एक हलका चाँटा भी बड़ा काम करेगा। अगर उस वक्त कुछ नहीं कहा गया तो आगे चलकर वह बड़ा अपराधी भी बन सकता है। फिर अपराध उसका पैटर्न बन सकता है, वृत्ति (टेंडेन्सी) बन सकती है। बाद में उसे तोड़ना कठिन हो जाता है। वक्त पर पड़ा केवल एक ही चाँटा बच्चे के लिए बहुत बड़ा काम कर सकता है। ऐसे बच्चे बड़े होकर अपने माता-पिता को धन्यवाद देकर कहते हैं, 'अच्छा हुआ आपने हमें सही समय पर रोका, सही समय पर हमारी गलत आदत तुड़वाई। सही समय पर बचत क्यों करनी चाहिए, यह ज्ञान दिया, वरना ये हम कभी कर ही नहीं पाते। जिंदगीभर पैसों के पीछे भागते रहते। अब हम रहस्य समझ रहे हैं, हमारा विकास, तेज विकास हो रहा है। अच्छा हुआ आपने समय पर थप्पड़ मारी।'

कई बार माता-पिता बच्चे को बार-बार मारते हैं। बार-बार थप्पड़ें खाकर बच्चे अपनी संवेदनाएँ खो देते हैं और उन थप्पड़ों के द्वारा अच्छे परिणाम आने

बंद हो जाते हैं। सही समय पर और सही मात्रा में, सही सज़ा नहीं दी गई तो आगे चलकर बच्चे को बड़ी मात्रा में सज़ा देने की आवश्यकता पड़ती है और तब तक बच्चा संवेदनशून्य (डीसेन्सीटाइज) हो जाता है। बच्चा यही समझता रहता है कि बड़े तो केवल चिल्लाते और मारते ही रहते हैं। चिल्लाने और मारने के सिवाय बड़ों को और कुछ आता ही नहीं है। इस तरह सतत की मार से बच्चे संवेदनशून्य हो जाते हैं और माता-पिता की सदैव यही शिकायत होती है कि बच्चे क्यों नहीं सुधरते? आपको बच्चों में सुधार लाना है तो पहले खुद में कुछ बदलाव लाने होंगे। बच्चे को प्रशिक्षण देने का प्रशिक्षण लेना होगा।

◈ बच्चे की सही समय पर तारीफ करें :

बच्चों को सही ढंग से प्रशिक्षण देने के अंतर्गत आप यह बात समझ रहे हैं कि सही समय पर और सही मात्रा में सही सज़ा दी गई तो ही बच्चों का विकास होता है। ऐसा करने से बाद में ज्यादा सज़ा नहीं देनी पड़ती है। इसी तरह सही समय पर, सही मात्रा में बच्चे की प्रशंसा या सराहना होगी तो आप देखेंगे कि बच्चे जल्दी खुलेंगे। जैसे आप क्रिकेट मैच देखते हैं और कोई खिलाड़ी चौका लगाता है तो तुरंत लोग तालियाँ बजाते हैं, वहाँ ऐसा नहीं होता कि चौका लगाने के दस मिनट बाद लोगों ने तालियाँ बजाईं हों। ऐसा हुआ तो वह खिलाड़ी यह समझेगा ही नहीं कि तालियाँ किस लिए बजीं। बच्चे के साथ भी ऐसा ही है, यदि उसने कुछ अच्छा किया हो तो उसी वक्त उसकी तारीफ (ॲपरिसिएशन) करना अति आवश्यक है। जिस वक्त बच्चे अच्छा कार्य करते हैं, उस वक्त यदि उन्हें कोई देखे ही नहीं, फिर अचानक उस बच्चे को बताया जाए कि तुमने फलाँ दिन एक अच्छा कार्य किया था तो उस वक्त तक उसका महत्त्व खत्म हो चुका होता है इसलिए सब कुछ सही समय पर होना अति आवश्यक है।

बच्चे वह नहीं सीखते जो हम कहते हैं,
बच्चे वह सीखते हैं, जो हम करते हैं।

-सरश्री

अध्याय ९

बच्चा जब चलना सीखता है तब वह बहुत सी ठोकरें खाता है, गिरता है, संभलता है, उठता है। हमें भी बच्चे से सीखना है। हर ठोकर से सीखना है। गिरकर उठना है और खाली हाथ नहीं उठना है बल्कि कुछ लेकर ही उठना है।

-सरश्री

बच्चे कैसे सीखते हैं
आप बच्चों के आदर्श हैं

बच्चे स्कूल में दिन के ६ से ७ घंटे रहते हैं पर ज्यादा समय वे घर में ही रहते हैं। छोटे बच्चों की निरीक्षण शक्ति बड़ी तेज होती है। अपने आस-पास की बातें देखकर बच्चे बहुत कुछ सीखते हैं। घर में माता-पिता एक दूसरे से कैसे बातें करते हैं? एक-दूसरे पर कैसे गुस्सा करते हैं? किन शब्दों को वे इस्तेमाल करते हैं? ये सब बातें बच्चा सुनता है, देखता है और वह वैसा ही अनुकरण करता है इसलिए हर माता-पिता को यह ध्यान में रखना होगा कि हम बच्चों के सामने एक-दूसरे से कैसा व्यवहार कर रहे हैं? किन शब्दों का इस्तेमाल कर रहे हैं? बच्चा आपके शब्दों का अर्थ नहीं जानता परंतु वह यह समझता है कि पिताजी ने ऐसा कहा यानी इसका मतलब अच्छा ही होगा। फिर वे ही शब्द या पंक्ति बच्चा कभी-कभी मेहमानों के सामने या घर में जब कह देता है तो माता-पिता को बड़ी परेशानी होती है।

बच्चा जिस सोसायटी में रहता है, वहाँ अड़ोस-पड़ोस के लोगों की बातें सुनकर कुछ सीखता है। रेडियो या टी.वी. के प्रोग्राम से बहुत कुछ सीखता है इसलिए यह जाँचना महत्वपूर्ण है कि हमारा बच्चा कौन से टी.वी. प्रोग्राम देखता है। कुछ टी.वी. प्रोग्राम से अच्छी बातें जरूर सीखने को मिलती हैं पर ज्यादातर प्रोग्राम से बच्चे केवल कल्पना की दुनिया में जीना सीखते हैं।

आजू-बाजू के लोग, रिश्तेदार, टीचर जो करते हैं, वह देखकर उनका अनुकरण करके बच्चा बहुत कुछ सीखता है। अगर घर में माता-पिता छोटी-छोटी बातों में झूठ बोलते हैं तो बच्चा भी वैसा ही करने लगता है। माता-पिता ही अनजाने में छोटे बच्चों को झूठ बोलने की ट्रेनिंग देते हैं। कोई भी माता-पिता नहीं चाहते कि उनका बेटा झूठ बोले पर उनका व्यवहार देखकर बच्चा यह बात सीख जाता है कि कैसे झूठ बोलकर काम करवाने होते हैं। उदा. आपके घर में कोई मेहमान आ रहा है और पिताजी ने उसे दूर से ही देख लिया हो तो पिताजी मेहमान को टालने के लिए बच्चे से कहते हैं, 'वे अंकल आएँगे तो दरवाजा खोलना और कहना मैं घर में नहीं हूँ।' थोड़े समय बाद वह मेहमान घर पर आता है तब बच्चा दरवाजा खोलता है। मेहमान उस बच्चे से पूछता है, 'तुम्हारे पिताजी घर में हैं?' बच्चा तुरंत जवाब देता है, 'पिताजी ने कहा है कि अंकल से कहो वे घर में नहीं हैं।' बच्चा कपटमुक्त होता है इसलिए यह सदा ध्यान रहे कि हमारी ऐसी छोटी-छोटी बातें बच्चों को बुरी आदतें तो नहीं सिखा रही हैं।

कई बच्चे कुछ किताबें पढ़कर भी बहुत कुछ सीखते हैं। ऐसे बच्चों के लिए हर माता-पिता का यह कर्तव्य है कि वे उन्हें ऐसी किताबें लाकर दें, जिन्हें पढ़कर वे अच्छी बातें सीखें, अपनी उन्नति करें और अपना लक्ष्य पाएँ।

बच्चे अनुभव से बहुत कुछ सीखते हैं। जिस घर में वे रहते हैं, वहाँ का माहौल, जिस स्कूल में वे पढ़ते हैं, वहाँ की हर बात का अनुभव लेकर सीखते हैं। कुछ बच्चे लोगों से सीखते हैं। जैसा व्यवहार लोगों ने उनके साथ किया होता है, वे भी बड़े होकर वैसा ही व्यवहार करना सीखते हैं इसलिए हर माता-पिता को यह समझ रखनी है कि 'बच्चों के साथ ऐसा व्यवहार करें जैसा आप चाहते हैं, बच्चे आपसे करें !'

बहुत सारे बच्चे जिज्ञासा (Curiosity) से सीखते हैं। छोटा बच्चा हो या बड़ा बच्चा, वह कुछ प्रयोग करना चाहता है। वह उसके आजू-बाजू में होनेवाली छोटी सी बात भी बड़ी उत्सुकता से देखता है। वह हर घटना, हर चीज को अलग-अलग

तरीके से जानना चाहता है। ऐसे बच्चे बड़े होकर कुछ आविष्कार करने की क्षमता रखते हैं। ऐसे में माता-पिता का यह कर्तव्य है कि वे उनकी क्षमता बढ़ाएँ, उन्हें प्रोत्साहित करें।

बच्चे जो बचपन में देखते और सुनते हैं, उनका असर उन पर होता ही है। बड़े होकर जब वे कुछ करना चाहते हैं तो बचपन में मिली शिक्षा और ज्ञान उन्हें काम आता है। यदि बचपन में उन पर ध्यान नहीं दिया गया तो उनके अंदर का आविष्कार खत्म हो जाता है।

हर माता पिता यह ध्यान रखें कि वे बच्चों के सामने हमेशा एक आदर्श बनकर रहें। हम बच्चों को अपनी कैसी प्रतिमा (इमेज) दे रहे हैं? हमारे बच्चे हमारे बारे में क्या सोचते हैं? वे हमें क्या मानते हैं? इस पर जरूर काम करें।

जैसे पिताजी और बेटा रात को प्रार्थना करते हैं। पिताजी बेटे से पूछते हैं कि 'तुमने कौन सी प्रार्थना की' तो बेटा पिताजी को अपनी प्रार्थना बताता है कि उसने भगवान से कहा, 'हे भगवान बड़े होकर मुझे पिताजी जैसा बनाना।' बेटे की प्रार्थना सुनकर पिताजी को बड़ा आश्चर्य होता है और वे अपनी प्रार्थना बदल देते हैं। फिर पिताजी भगवान से प्रार्थना करते हैं कि 'हे ईश्वर मुझे वैसा बनाओ, जो मेरा बेटा मेरे बारे में सोचता है, मुझे जो समझता है' यानी पिताजी ने बेटे से कुछ सुना तो पिताजी की प्रार्थना बदल गई।

हर माता-पिता घर में ऐसा माहौल बनाएँ जिससे माता-पिता की प्रतिमा, आत्मछवि हमेशा बच्चों को प्रोत्साहित करे, प्रेरणा दे।

बच्चों का विकास करने के लिए आपको
अपनी भावना पर काम करना होगा।
अपने हर कदम के पीछे लक्ष्य (इंटेन्शन) रखना होगा।

-सरश्री

९ सकारात्मक पायदान

१. बच्चों का आत्मविश्वास बढ़ाएँ
२. बच्चों का हौसला बढ़ाएँ, बेशर्त प्रेम दें
३. बच्चों की नाराजगी सुसंवाद द्वारा समझें
४. बच्चों के गुण और दुर्गुण समझें
५. बच्चों को खेल-खेल में सिखाएँ
६. बच्चों के स्वास्थ्य का खयाल रखें
७. बच्चों की संभावना पहचानें
८. असफलता का भी महत्त्व समझाएँ
९. चरित्र की नींव को मजबूत करें

माता-पिता और बच्चों में यदि मित्रता और सुसंवाद बना रहेगा तो बच्चे जल्द ही एक उच्चतम विकसित समाज बना पाएँगे और अपने विकास के लिए कार्य कर पाएँगे।

-सरश्री

बच्चों को सही प्रशिक्षण दें
बच्चों में आत्मविश्वास कैसे लाएँ

बच्चे की ट्रेनिंग किस तरह हो, इसे बहुत ही सुंदर ढंग से डॉल्फिन मछली के प्रशिक्षण से बताया जा सकता है।

डॉल्फिन मछली को पानी में रस्सी के ऊपर से कूदने और पानी से बाहर आने की ट्रेनिंग दी जाती है। पानी में एक रस्सी टंगी होती है और वह मछली रस्सी के ऊपर से कूदकर फिर से पानी में गिरती है। जब उसकी यह ट्रेनिंग चल रही होती है तब रस्सी पानी के अंदर ही बाँध दी जाती है। जब वह मछली दिनभर पानी में घूम रही होती है तब उस पर नजर रखी जाती है। मछली पानी में घूमते-घूमते जैसे ही रस्सी के ऊपर आती है तो तुरंत उसके सामने खाने का टुकड़ा फेंक दिया जाता है। ऐसा हर बार किया जाता है। जब भी वह रस्सी के ऊपर से गुजरती है तो ही उसे खाना मिलता है, वरना नहीं।

इससे मछली धीरे-धीरे समझने लगती है कि इस रस्सी के ऊपर से जाने का और खाना मिलने का कुछ तो संबंध है। फिर वह बार-बार रस्सी के ऊपर जाती है। धीरे-धीरे रस्सी को थोड़ा और ऊपर किया जाता है। रस्सी को ऊपर करते-करते पानी की सतह (लेवल) तक लाया जाता है। अब मछली को खाना चाहिए तो उसे पानी से बाहर निकलना ही पड़ता है। वह बाहर निकलती है तो ही उसे खाने का टुकड़ा दिया जाता है। फिर सीटी भी बजाई जाती है। सीटी का बजना, खाने का टुकड़ा मिलना, मछली का रस्सी के ऊपर जाना, सब एक-दूसरे से संबंधित (लिंक) होता है। उसके बाद रस्सी को और ऊपर बाँध दिया जाता है। अब वह उस रस्सी से भी ऊपर कूदती है। बाद में रस्सी निकाल दी जाती है। अब केवल सीटी बजते ही वह कूदती है।

इस तरह एक मछली की ट्रेनिंग होती है। जब डॉल्फिन मछली का शो होता है तो लोग आश्चर्य करते हैं कि कैसे उसे सिखाया गया होगा, इसका क्या रहस्य होगा! कैसे एक मछली को यह समझा होगा कि उसे कब कूदना है, कब पानी के अंदर जाना है मगर जिन्होंने ट्रेनिंग दी होती है, उन्होंने उसे समय दिया होता है। उस ट्रेनर को जानवर के बारे में कुछ जानकारी होती है, कुछ ज्ञान होता है कि कोई प्राणी कैसे कार्य करता है, कब उसे ध्यान की जरूरत होती है, कब उसके लिए रस्सी की जरूरत नहीं रहती।

इसी तरह बच्चों को भी लगातार ध्यान देने की आवश्यकता है। उन्हें कब, कौन से चीज की जरूरत है, यह देखना होगा। समय-समय पर यह जाँचना होगा कि उनकी सोच कैसी है, उनके मित्र कैसे हैं, वे पढ़ाई में, खेल में कितनी रुचि रखते हैं। एक डॉल्फिन मछली की तरह उन पर हर बार नजर रखनी होगी। बच्चे की बढ़ती उम्र के साथ हर कदम पर उनमें नई ट्रेनिंग, नई सोच, नई जानकारी देनी होगी। उनका वैज्ञानिक ज्ञान विकसित करना होगा। जिस तरह डॉल्फिन मछली को धीरे-धीरे रस्सी की ट्रेनिंग दी जाती है, उसी तरह एक छोटे बच्चे को छोटी ट्रेनिंग से शुरुआत करके, बड़ी ट्रेनिंग तक लाया जा सकता है।

आपका बच्चा जब पूर्ण प्रशिक्षित (ट्रेन्ड) हो जाएगा तब आपको उसे बाँधकर रखने की आवश्यकता नहीं होगी। अब वह खुद ही समझने लगेगा। मछली यह नहीं जानती कि उसे क्या करना है मगर इंसान का बच्चा यह जानता है कि उसे कब, क्या करना चाहिए क्योंकि उसके पास दिमाग है, वह सोच सकता है। वह अपना लक्ष्य खुद चुन सकता है। शुरू में बच्चा यह नहीं जानता कि उसके लिए क्या अच्छा है और क्या बुरा। हालाँकि उसे पता नहीं है कि विकारों में, पैटर्न में,

आदतों में, व्यसनों में जाकर उसकी कितनी हानि हो सकती है। अशिक्षित बच्चे को शुरू में व्यसनों और विकारों का जीवन अच्छा लगता है मगर जब माता-पिता से उसकी बातचीत होती है, संवाद होता है तब उसे इस बात का ज्ञान होता है कि 'मेरी ये आदतें मेरे लक्ष्य के लिए सबसे बड़ी बाधाएँ हैं। इन बाधाओं को हटाने में मेरा आधा जीवन चला जाएगा। इस तरह उसका आधा जीवन आदतें लगाने में और आधा जीवन उन आदतों को हटाने में समाप्त हो जाएगा।' फिर वह ट्रेनिंग का पूरा फायदा अवश्य लेता है।

बच्चों की ट्रेनिंग के लिए नीचे दी गई तीन बातें ध्यान में रखें :

१. बच्चे को किसी एक विषय में कुशल बनाएँ

किसी बच्चे में यदि आत्मविश्वास बढ़ाना हो तो उसे किसी एक क्षेत्र में विशेषता प्राप्त करवानी चाहिए। फिर वह क्षेत्र छोटा सा ही क्यों न हो। जब इंसान कोई काम दूसरों से बेहतर कर सकता है तब उसे अपने आपमें विश्वास महसूस होता है।

क्या आपका बच्चा दूसरों से बेहतर गा सकता है? क्या आपका बच्चा दूसरों से बेहतर चित्र बना सकता है? क्या आपका बच्चा दूसरों से बेहतर कविता बना सकता है? क्या आपका बच्चा दूसरों से ज्यादा तेज दौड़ सकता है? क्या आपका बच्चा दूसरों से बेहतर खाना बना सकता है? क्या आपका बच्चा दूसरों से बेहतर पार्टी में रंग जमा सकता है? क्या आपका बच्चा दूसरों से बेहतर पियानो बजा सकता है? क्या आपका बच्चा दूसरों से अच्छी कहानी सुना सकता है? क्या आपके बच्चे की लिखावट दूसरों की लिखावट से सुंदर है? ये सब बातें चाहे कितनी भी छोटी क्यों न लगें लेकिन किसी भी एक बात में प्रवीण होने से आपका बच्चा आत्मविश्वास प्राप्त कर सकता है। बच्चों में भी हर माता-पिता को किसी न किसी गुण की बढ़ोतरी करनी चाहिए। ऐसा करने से बच्चे जल्द ही पढ़ाई के दूसरे क्षेत्रों में भी प्रवीणता प्राप्त करेंगे।

किसी भी काम में प्रवीणता, कुशलता प्राप्त करने से पहले अपने बच्चों को मानसिक तौर पर तैयार करें। आप यह जरूर तय कर लें कि क्या वह काम, जो आपका बच्चा करने जा रहा है, उसके लिए संभव है। दूसरे शब्दों में, जो काम कोई भी औसत दर्जे का सामान्य इंसान कर सकता है, वह काम करने में वह भी समर्थ है। ऐसे काम शायद थोड़े कठिन हो सकते हैं या प्रारंभ में आपका बच्चा वैसा महसूस कर सकता है किंतु उसे इसके लिए राजी करना है कि वह यह काम कर सकता

है और वह काम उसे पूरा करना है। उसे यह समझाएँ कि 'अगर कोई काम विश्व का एक इंसान कर सकता है तो वह काम वह (आपका बच्चा) भी कर सकता है। जैसे हजारों, लाखों लोग यदि कोई काम करने में समर्थ हैं तो आप भी वह काम कर सकते हैं।'

किसी एक विषय में कुशल (मास्टर) होना बच्चों के लिए बड़ा वरदान है। कोई बच्चा ड्राईंग करने में एक्सपर्ट होता है तो कोई गणित में एक्सपर्ट होता है। जिस विषय में आपके बच्चे को रुचि है, उस विषय में उसे प्रोत्साहन दें कि 'इसमें तुम सबसे आगे जा सकते हो।' बच्चे को कभी भी ऐसा न कहें कि उसे सभी विषयों में फर्स्ट ही आना है। सभी माता-पिता यही चाहेंगे कि उनके बच्चे स्कूल में फर्स्ट आएँ। जबकि सभी बच्चे फर्स्ट नहीं आ सकते मगर किसी न किसी एक विषय में बच्चे एक्सपर्ट हो सकते हैं। अपने बच्चे के बारे में यह जानकारी रखें कि वह किस विषय में आगे जा सकता है। फिर वह विषय या खेल कुछ भी हो सकता है। जैसे वैज्ञानिक खेल, संगीत, चित्रकला, गणित, इनडोर गेम, आउटडोर गेम इत्यादि। उसे सिर्फ इतना ही कहें, 'एक विषय में तुम मास्टर हो जाओ।' परीक्षा में पास होने के लिए सभी विषयों की पढ़ाई आवश्यक है मगर आपके बच्चे में कौन से विषय में मास्टर होने के गुण हैं, यह देखें। उसे संगीत, गायन, ड्राईंग, गणित, इतिहास या किसी भी एक विषय में ज्यादा रुचि हो सकती है। बच्चे को जिस विषय में रुचि हो, उसमें उसे प्रोत्साहन दें। उस विषय में उससे ज्यादा मेहनत करवाकर, उसे यह महसूस करवाएँ कि उस विषय में उससे बेहतर कोई नहीं है। उस विषय में उसे सबसे ज्यादा गुण हैं। यह आत्मविश्वास उसके लिए बहुत काम करेगा।

बच्चों का आत्मविश्वास बढ़ाना माता-पिता की तरफ से बच्चों के लिए एक अमूल्य तोहफा है, जो उनके लिए जीवनभर वरदान सिद्ध होगा। यह गिफ्ट हर माता-पिता अपने बच्चों को दे सकते हैं ताकि आत्मविश्वास से भरे बच्चे भविष्य में अपनी आत्मछवि अहंकार रहित, निर्माण कर पाएँ। ऐसे बच्चे को पूरा विश्वास होगा कि वह कोई भी काम कर सकता है क्योंकि किसी एक क्षेत्र में उसने सफलता हासिल की है, उसमें वह आगे है।

माता-पिता की यह जिम्मेदारी है कि उन्हें बच्चों का आत्मविश्वास बढ़ाना चाहिए। जिसके लिए बच्चों को किसी छोटे से कार्यक्रम का नियोजन (प्रबंधन) करने की जिम्मेदारी दे सकते हैं। जैसे घर में किसी का जन्मदिन हो तो बच्चे को बताएँ कि 'तुम्हारे भाई का बर्थ डे आ रहा है, तुम्हें इस कार्यक्रम की जिम्मेदारी लेनी है।

वह कार्यक्रम तुम्हें पूरी तरह से नियोजित करना है। कितने लोगों को बुलाना है, कितना खर्च करना है, इन सभी बातों का टाईम टेबल बनाकर, तुम्हें ही ये बातें पूरी करनी हैं। हम इस कार्य में केवल तुम्हारा मार्गदर्शन करेंगे मगर सभी बातें तुम्हें ही देखनी हैं।

यह सुनकर शुरुआत में बच्चा हिचकिचाएगा कि 'मुझे ये सब नहीं आता' लेकिन आपको उसे विश्वास दिलाना है कि 'यह तुम कर सकते हो और तुम्हें ही करना है।' जब वह खुद कार्यक्रम का नियोजन करने लगेगा तब हर बर्थ डे (निमित्त दिवस) पर उसका आत्मविश्वास बढ़ता जाएगा। आप बच्चों को अपना बजट और समय बताकर बाकी बातें उन्हें करने के लिए कह सकते हैं। जब बच्चे उतने समय और पैसों में कार्यक्रम नियोजित करके दिखाएँगे तब उनका आत्मविश्वास बढ़ेगा। इस तरह बच्चों को कुछ प्रयोग करने का मौका दें।

२. बच्चों के लिए सकारात्मक शब्द कहें

जब आपके घर में मेहमान आते हैं तब उनके सामने बच्चों का आत्मविश्वास बढ़ाने के लिए अपने बच्चों से सकारात्मक शब्द कहें। अगर आप बच्चे से यह कहेंगे कि 'यह गिलास मत उठाना, काँच का है, तुम्हारे हाथ से गिर जाएगा' तो उसका आत्मविश्वास कम हो जाएगा। ऐसे समय पर गिलास टूटने के डर से बच्चे को गिलास न देने की गलती न करें बल्कि उस वक्त यह खयाल रखें कि बच्चे के हाथ से एक कीमती गिलास टूट गया तो भी ठीक है मगर गिलास पकड़ने से उसे जो आत्मविश्वास महसूस होगा, वह ज्यादा महत्वपूर्ण है। बच्चे का वह आत्मविश्वास न तोड़ें। गलती से अगर उसके हाथ से गिलास टूट भी जाता है तो उसे तुरंत दोष न दें कि 'मैंने कहा था न कि तुम गिलास तोड़ दोगे, तुम्हें नहीं आएगा, तुम नहीं कर पाओगे।' इन शब्दों से बच्चे का आत्मविश्वास चला जाएगा। उसके बाद वह हमेशा हर छोटे काम के लिए भी अपने माता-पिता पर निर्भर रहेगा। उसे हमेशा यही लगेगा कि वह कोई भी काम नहीं कर सकता क्योंकि उसने कुछ भी किया तो उसके माता-पिता हमेशा उस पर चिल्लाते हैं। माता-पिता की डाँट की वजह से कोई भी काम करते वक्त उसके हाथ काँपने लगेंगे और उसके मन में हमेशा डर पनपते रहेगा, जो उसकी बहुत बड़ी हानि कर सकता है।

कुछ माता-पिता बच्चे को हमेशा डाँटते रहते हैं और उनकी डाँट बच्चे को हमेशा याद रहती है। इससे भी बच्चे का आत्मविश्वास बचपन में ही खो जाता है।

ऐसे माता-पिता को बच्चों से सही ढंग से बातचीत करने की आदत डालनी होगी। उन्हें बच्चे के प्रति भावनात्मक न होते हुए, अपनी भावनाएँ व्यक्त करने की कला सीखनी होगी (without being emotional, express your feelings)। भावनात्मक न होते हुए भी आप अपनी भावनाएँ बयान कर सकते हैं।

किसी ने कुछ गलत कहा या किया तो आप उस पर तुरंत चिल्लाते हैं, 'तुमने ऐसा क्यों किया?' इस तरह हर बार चिल्लाने की आदत कई लोगों में होती है। बच्चे ने यदि स्कूल की कुछ घटना घर में आकर बताई तो कुछ माता-पिता तुरंत उसे डाँटते हैं। उस घटना में बच्चे को क्या करना चाहिए था, यह वे भावुक होकर बताते हैं। माता-पिता की इस तरह की बातें सुनकर बच्चा डर जाता है। यदि माता-पिता ऐसा न करते हुए, भावना में न बहकर बच्चे को कुछ भी कहने से पहले यदि सामान्य रहते हुए बच्चे से बात की होती कि 'अच्छा! अगर ऐसा हुआ तो तुम ऐसा कर सकते थे पर अब ठीक है, ज्यादा परेशान न हो, अगली बार याद रखना' तो बच्चा हमेशा माता-पिता से स्कूल की बातें बताता रहता है।

यह सामान्य (न्यूट्रल) भाषा है। इस तरह की भाषा में, भावना में, क्रिया में बच्चे के साथ कुछ बुरा हुआ है या अच्छा हुआ है, ऐसा कुछ भी नहीं दिखाना है। इस तरह के संभाषण से बच्चा सीखता है, उसे माता-पिता से डर नहीं लगता। किसी घटना में अगर आप बच्चे से भावनात्मक न होते हुए सामान्य रहकर बात करेंगे तो अगली बार वह आपसे संभाषण करना चाहेगा। उसके साथ कुछ घटना हुई हो तो उसे आपको आकर बताना अच्छा लगेगा, वह राहत महसूस करेगा।

यदि माता-पिता बच्चे के साथ भावुक होकर बात करते हैं तो धीरे-धीरे बच्चा अपनी बातें माता-पिता को बताना बंद कर देता है। बच्चे को लगता है कि अगर उसने कुछ भी बताया तो माँ या पिताजी उसे डाँटेंगे, इस-इस तरह से प्रतिक्रिया करेंगे। इस डर की वजह से वह बोलना ही बंद कर देता है। आगे जब वह बड़ा होता है तो जीवन में भी उसके साथ ऐसा ही होता है कि डर की वजह से वह समाज में भी कहीं पर बोल नहीं पाता है। जब वह लोगों के साथ, बाहर या कहीं पर भी जाता है तो सभी बोलते हैं मगर वह बोल नहीं पाता है।

इस प्रशिक्षण में आपको पता चलेगा कि आपके बच्चे का लालन-पालन ठीक तरह से हुआ है या नहीं। अब आप जरूर यह खयाल रखेंगे कि कम से कम आगे की पीढ़ी (जनरेशन) में तो ये बातें न जाएँ। आपमें यह सजगता आ जाए कि

आप तटस्थ न होते हुए, सामान्य (न्यूट्रल) होकर अपनी भावनाएँ बच्चों के सामने व्यक्त कर पाएँ। आप भावनात्मक न होते हुए बच्चों को सहजता से यह बता पाएँ कि आपको बुरा लगा वरना जब भी आपको यह बताना होता है कि 'मुझे बुरा लगा' आप अपनी भावना में इस तरह बह जाते हैं कि बच्चा डर जाता है। 'आपको बुरा लगा' यह बात जब आप न्यूट्रली (बिना उत्तेजित हुए) बताते हैं तब बच्चा दूसरी बार भी अपनी बात आपको बताना चाहेगा। बच्चे को भी अपनी बातें बताने का मौका दें। संभावना है कि वह कई बार ठीक ढंग से अपनी बात नहीं बता पाए क्योंकि उसे सही संप्रेषण (कम्युनिकेशन) की कला नहीं आती हो और न ही उसने कोई कोर्स किया होता है मगर आपकी सहज, न्युट्रल प्रतिक्रिया उसे आपके साथ वार्तालाप करना सिखा देगी।

३. बच्चे की आत्मछवि बढ़ाएँ

माता-पिता बच्चे को विश्वास दिलाएँ, उसकी आत्मछवि (सेल्फ एस्टीम) बढ़ाएँ। ऐसा करने से उसका आत्मविश्वास बढ़ेगा। यह आत्मविश्वास पाकर वह जो भी काम हाथ में लेगा उसमें कामयाब होगा। एक फिल्म डायरेक्टर की तरह आप उसे प्लेटफॉर्म दें। उसका संग किसके साथ है, वह किसकी बात ज्यादा सुनता है, यह जान लें। यदि आपका बच्चा टीचर की बात ज्यादा सुनता है तो आप उसके टीचर से मिलकर बता सकते हैं कि 'हमारे बच्चे में इस तरह की आदत है इसलिए आप कृपया सिखाते वक्त बातों-बातों में उसके लिए कुछ पंक्तियाँ कहा करेंगे तो बच्चा समझ जाएगा।' स्कूल में टीचर्स और पैरेन्टस् की मीटिंग इसलिए रखी जाती है ताकि पैरेन्टस् अपने बच्चे के बारे में टीचर को बता पाएँ और टीचर बच्चे के बारे में पैरेन्टस् को बता पाएँ।

अगर सचमुच आप चाहते हैं कि आपका बच्चा पूर्ण तैयार
होकर संसार में कदम रखे तो आपको एक सुपरहिट फिल्म
की तरह उसे तैयार करना होगा, डेवलप करना होगा।
फिर जब वह विकसित (प्रकाशित) होगा,
रिलीज होगा तब लोग आश्चर्य करेंगे कि
इतने गुण एक इंसान के अंदर कैसे आ सकते हैं!

-सरश्री

> हमें यह नहीं देखना है कि बच्चा कैसे गलत है, हमें यह देखना है कि बच्चा कैसे सही है। बच्चे के अंदर जो कृष्ण है, उसे जगाएँ।
>
> -सरश्री

बेशर्त प्रेम
बच्चों का हौसला बढ़ाएँ

कई माता-पिता लड़का और लड़की में फर्क करते हैं। घर में भाई-बहन हैं या दो बेटे हैं, एक बड़ा, एक छोटा तो भी उनके साथ अलग-अलग व्यवहार करते हैं। लड़का हमारे बुढ़ापे का सहारा है और लड़की तो पराया धन है, इस तरह की सोच रखकर बच्चों के साथ व्यवहार करते हैं।

दो भाइयों में यदि बड़ा बेटा पढ़ाई में कमजोर है और छोटा बेटा पढ़ाई में होशियार है तो वहाँ तुलना करते हैं। छोटे भाई के सामने बड़े भाई की निंदा भी करते हैं, उसे नीचा दिखाते हैं। इससे बच्चे के मन में नफरत की भावना पैदा होती है। हमेशा यह देखा गया है कि माता-पिता बच्चों को उनकी गलती पर उन्हें डाँटते रहते हैं या मारते हैं मगर कोई भी बच्चा डाँट या मार खाकर न ही सीखता है और न ही सुधरता है। बच्चे से अगर कोई गलती होती है तो हमेशा माता-पिता यही कहते हैं, 'तूने ये किया, तू गलत है, तू समझता नहीं है।'

जबकि गलती होने पर उससे क्या गलती हुई है, यह उसे बताइए। बच्चे को कभी भी 'तू गलत है' यह मत बताइए। बच्चा गलती जानबूझ कर नहीं करता। बच्चा जब अपनी गलती समझता है तब वह गलती कैसे सुधारनी है, यह भी जानना चाहता है। आपका बच्चों को मारकर या सज़ा देकर काम करवाना यह सिखाता है कि काम करवाने के यही तरीके हैं, सज़ा देकर ही काम होता है। कभी-कभी माता-पिता अपना गुस्सा बच्चों पर निकालते हैं, उन्हें मारते हैं, पीटते हैं, इससे बच्चे के अंदर डर या बदले की भावना तैयार होती है। जब बच्चा परीक्षा में फेल हो जाता है तब माता-पिता को उस पर बहुत गुस्सा आता है। फिर वे बच्चों पर अपनी नाराजगी व्यक्त करते हैं। जिससे बच्चे अपने आपको असुरक्षित महसूस करते हैं।

अपने बच्चों का हौसला बढ़ाना है तो उन्हें प्रोत्साहित करें। बच्चे के साथ हमेशा सकारात्मक शब्दों का इस्तेमाल करें। अपने बच्चे को प्यार से यह बताना कि 'तुम फेल नहीं हुए बल्कि तुम्हें अभी कामयाबी नहीं मिली है', बच्चों की उदासीनता को कम करता है। 'तुम फेल हुए तो भी हमारे प्यार में कभी कमी नहीं आएगी', ये शब्द बच्चे के लिए नई कामयाबी का दरवाजा खोलते हैं, उनका आत्मविश्वास बढ़ाते हैं। 'तुम फेल हुए, अब तुम कुछ नहीं कर सकते, तुम गधे हो, मूर्ख हो', इस तरह के लेबल बच्चों को कभी मत लगाइए। ये शब्द बच्चे के अंदर हीनता का भाव पैदा करते हैं। बच्चों की गलती पर हँसना बच्चे के आत्मसम्मान को ठेस पहुँचाना है। अपने बच्चों के लिए अगर आप एक आदर्श माता-पिता बनना चाहते हैं तो बच्चों के साथ कभी भी नकारात्मक व्यवहार न करें।

कई माता-पिता बच्चा बड़ा होने पर भी उसका बहुत ज्यादा खयाल रखते हैं। कॉलेज जानेवाले युवा से भी माता-पिता 'इस तरह बैठो', 'ऐसे क्यों किया?', 'कहाँ गया था?', 'क्या कर रहा है?' इस तरह के सवालों की बौछार करते रहते हैं। अगर आपको अपने बच्चे में निर्णय लेने की क्षमता बढ़ानी है तो उसे अपने निर्णय खुद लेने दें। बच्चों को सूचना, सुझाव जरूर दें लेकिन निर्णय उसे लेने दें। इससे बच्चों का आत्मविश्वास और निर्णय लेने की आदत बढ़ती है। जो गुण आप अपने बच्चों में देखना चाहते हैं, वे गुण बढ़ाने के लिए आपका बच्चों को स्वतंत्र महसूस करवाने और बेशर्त प्रेम देने का प्रयास काम आता है।

कुछ माता-पिता बच्चों को बचपन में ही शर्तों के बल पर काम करने की आदत लगा देते हैं। जैसे 'अगर तू परीक्षा में इतने मार्कस् लेगा तो मैं तुझे यह लेकर दूँगा।' बच्चों को प्रेरणा देने के लिए या लक्ष्य पाने के लिए कुछ बताना है तो उसे

शर्त में न रखें। बच्चा चाहता है कि मेरे मम्मी-डैडी मुझे बिना शर्त प्रेम करें। बच्चे पर आपके दिए हुए उपहार उतना असर नहीं करेंगे, जितना आपका उनके साथ रहना असर करता है। जब बच्चा यह जान जाएगा कि मेरे मम्मी-डैडी मुझे बेशर्त (अनकंडिश्नल) प्रेम देते हैं, मेरे साथ हमेशा रहते हैं तब वह भी आपको बेशर्त प्रेम और बेशर्त सहयोग करना शुरू करेगा। यदि आपका बच्चा आपसे डरता और घबराता है तो वह आपसे कैसे खुलकर बातचीत करेगा? आपको कैसे सहयोग दे पाएगा?

बच्चा जब कोई जिम्मेदारी लेने के काबिल हो जाता है तो उसे उचित आज़ादी जरूर दें। बच्चे जब बड़े हो जाते हैं तब उनसे घर के बारे में या कारोबार के बारे में बातचीत करनी चाहिए, उनकी राय लेनी चाहिए। बच्चों की राय लेने में अपनी कमजोरी कभी न समझें। जिस दिन बच्चे को यह एहसास होता है कि मेरे माता-पिता मेरा भला चाहते हैं तो वे भी माता-पिता के साथ खुलकर बातें करते हैं। बच्चों के साथ खुलकर बात करने की एक मात्र जगह भी हमारे घर में ही होती है, वह है 'डायनिंग टेबल।' रात में परिवार के सभी सदस्य साथ मिलकर भोजन करते हैं तो रिश्तों में और मजबूती आती है। माता-पिता और बच्चों का एक साथ बैठकर खाया हुआ अन्न सिर्फ शरीर को ही नहीं बल्कि प्यार को भी तंदुरुस्त करता है।

अध्याय ३

हमारी बेहोशी से, जीवन में मिला वरदान कभी भी अभिशाप न बने। हमारे घर में आया हुआ नन्हा मेहमान वरदान है। वह मेहमान हमें फिर से बच्चा बनने की कला सिखाने आया है, उसे बिगाड़कर अभिशाप न बनाएँ।

-सरश्री

सुखी परिवार का मंत्र- सुसंवाद
बच्चे की नाराजगी को समझें

हर माता-पिता को लगता है कि हम अपने बच्चों के लिए कुछ करें। बच्चा हर माता-पिता का एक रेशमी सपना होता है। वे चाहते हैं हम अपने बच्चे को बहुत ऊँची शिक्षा दें। जिसके लिए वे कुछ भी करने के लिए तैयार रहते हैं। वे चाहते हैं कि हमारा परिवार सदा खुश रहे।

सुखी परिवार के लिए क्या वाकई आप उतने प्रयत्नशील रहते हैं? यह सवाल जब उठता है तो इसके साथ कुछ और सवाल भी जुड़ जाते हैं जैसे :

१)   क्या आप अपने बच्चों के साथ हमेशा बातचीत करते हैं? उन्हें उचित समय देते हैं?

२)   आप अपने बच्चों को क्या मानकर उनसे व्यवहार करते हैं?

३) क्या आप अपने बच्चों को, जितना वह संभाल सकता है, उतनी जिम्मेदारी देते हैं?

४) जब आपका बच्चा आपकी बात नहीं मानता तब क्या आप उसका कारण ढूँढ़ते हैं?

५) क्या आप अपने बच्चों को हर तरह के विकास में सहायता करते हैं?

६) क्या आप अपने सभी बच्चों के साथ एक जैसा व्यवहार करते हैं?

७) क्या आप अपने बच्चों में आए हुए बदलाव पर ध्यान देते हैं?

८) क्या आप अपने बच्चों के लिए प्रेरणा बनते हैं?

ऐसे कई सवाल जब उठते हैं तब कुछ बातें जरूर सामने आती हैं। हर माता-पिता अगर इन सवालों के जवाब अपने आपसे पूछे तो उनके जवाब उन्हें अपने पास ही मिलेंगे।

◈ बच्चों के साथ सुसंवाद :

माता-पिता को लगता है कि उन्होंने बच्चों को अच्छे स्कूल में पढ़ाई दिलाई, उन्हें जो चाहिए, वह दिया तो उनकी जिम्मेदारी पूरी हो गई। अब वे बच्चे से यह अपेक्षा रखते हैं कि उसे अच्छा पढ़ना चाहिए, बड़ा बनकर दिखाना चाहिए। बच्चे को माता-पिता की हर अपेक्षा, महत्त्वाकांक्षा पूरी करनी चाहिए।

यदि बच्चों से माता-पिता की अपेक्षा से कार्य नहीं होता है तब संबंधों में दरार आने की शुरुआत होती है। हमें लगता है हमारा बच्चा डॉक्टर, इंजीनियर या वकील बने। बच्चों से ऐसी इच्छाएँ रखना गलत नहीं हैं लेकिन क्या हम अपने बच्चों की बौद्धिक क्षमता जानते हैं? हर एक के व्यक्तित्त्व का एक अंग होता है। कोई बच्चा किसी अलग तरह के क्षेत्र में उन्नति कर सकता है क्योंकि वह उसका अंग है, उसके शरीर का गुण है। कोई बच्चा गणित में होशियार होता है तो कोई साहित्य में रुचि रखता है। किसी को संगीत भाता है तो किसी को खेल का मैदान। कोई संशोधन करके कुछ खोज सकता है तो कोई कलाकार बनकर अपनी कला से नव निर्माण करता है। इस तरह हर बच्चे में अलग-अलग गुण हो सकते हैं लेकिन हम चाहते हैं कि मेरा बच्चा जैसा मैं चाहूँ, वैसा बने।

कई माता-पिता से यह गलती होती है। वे कभी यह नहीं देखते कि हमारा बच्चा

इस दुनिया में कौन सी अभिव्यक्ति करने आया है। वह अभिव्यक्ति करने के लिए क्या आप अपने बच्चे को प्रेरित करते हैं? नहीं, आप ऐसा नहीं करते बल्कि हमेशा यह मानते हैं कि मेरा बच्चा मेरी अमानत है, उस पर मेरा पूरा अधिकार है। ऐसा मानकर आप अपनी इच्छा अनुसार जैसा चाहते हैं, वैसा उसे बनाने की कोशिश करते हैं मगर क्या यह अपने बच्चों के साथ सुसंवाद है?

बच्चा जब गलती करता है तो बजाय उसे समझाने के, आप उसे डाँटते हैं, जली-कटी सुनाते हैं। अपना अनुभव उसे बताते रहते हैं कि 'मैं जब तुम्हारी उम्र का था तो ऐसा करता था।' इस तरह की बातें बच्चों के साथ क्या सही सुसंवाद हैं? बच्चों को अपने अनुभव जरूर बताएँ पर 'मैं सही था और अब तुम गलत कर रहे हो', यह भावना उसके मन में कभी न जाने दें। यह हमेशा याद रहे कि बच्चा हमारी इच्छा की पूर्ति का साधन नहीं है। बच्चे पर अपनी मालकियत जताने के लिए वह कोई वस्तु नहीं है। वह हमारे परिवार में जन्म लिया हुआ एक स्वतंत्र जीव है। उसका स्वतंत्र व्यक्तित्त्व है और उसे आज़ादी के साथ जीने का पूरा अधिकार है। माता-पिता यह देखें कि जो अभिव्यक्ति लेकर हमारा बच्चा पैदा हुआ है, उसे उस तरह का माहौल दें। उसे क्या पसंद है, इसकी तरफ जरूर ध्यान दें। जब यह मालूम पड़ेगा कि हमारा बच्चा कौन से विषय में रुचि रखता है, उसकी क्या प्रवृत्ति है तो फिर उसी दृष्टिकोण से उसका विकास करना हर माता-पिता की जिम्मेदारी है।

माता-पिता सदा इस पर ध्यान दें कि बच्चों की उन्नति के लिए वे कुछ करें लेकिन गलत रास्ता अपनाकर नहीं। अपनी आर्थिक स्थिति बच्चों को जरूर बताएँ। गलत मार्ग से बच्चों को सब कुछ देना यानी उन्हें बिगाड़ना है क्योंकि बच्चे माता-पिता का आचरण देखकर ही बहुत कुछ सीखते हैं इसलिए जब आपका बच्चा कुछ गलत काम कर रहा है तो हर माता-पिता अपना आत्मनिरीक्षण जरूर करें। बच्चे घर में जो देखते और सुनते हैं, वे वैसे ही व्यवहार करते हैं और वही उनके जीवन में उतरता है।

तेज संसारी यानी वे माता-पिता जो अपनी हर एक जिम्मेदारी समझ (अंडरस्टैंण्डिग) के साथ निभाते हैं। तेज संसारी माता-पिता अपनी इच्छा, आकांक्षा, महत्त्वाकांक्षा अपने बच्चों पर कभी नहीं डालते, न ही वे बच्चों के साथ कोई जोर-जबरदस्ती करते हैं। तेज संसारी अपने बच्चों को उनकी क्षमता, उनके गुणों के अनुसार बड़ा करते हैं। इस तरह जो बच्चा बड़ा होगा, वह जीवन में जरूर खिलेगा, खुलेगा और कामयाब होगा।

एक साधारण बच्चा जो स्कूल में पढ़ाई कर रहा था, पढ़ाई में बिलकुल होशियार नहीं था। स्कूल के शिक्षक ने उसके माता-पिता से कहा, 'यह पढ़ाई में आगे नहीं आएगा, इसे स्कूल की पढ़ाई में बिलकुल रुचि नहीं है।' आगे चलकर वही बच्चा हजारों आविष्कार करता है, वह बच्चा था 'एडिसन'।

कई माता-पिता अपने बच्चे की तुलना किसी और बच्चे से करते हैं। जैसे 'पड़ोसी का बच्चा पढ़ाई में कितना होशियार है...वह डॉक्टरी पढ़ रहा है...तुम तो पढ़ते ही नहीं, तुम्हें पढ़ाई में कोई रुचि नहीं है ...वह जीवन में आगे जाएगा, तुम तो पीछे ही रह जाओगे' इत्यादि। उस वक्त माता-पिता यह भूल जाते हैं कि आपकी बिना वजह, बिना समझ की तुलना से बच्चे के मन में अपराध बोध की भावना जगती है, एक न्यूनता का भाव निर्माण होता है। बच्चों में दूसरों के बारे में ईर्ष्या पैदा होती है इसलिए तुलना के राक्षस को कभी भी अपने बच्चे के अंदर न आने दें। अपने बच्चों की मानसिकता का जरूर खयाल रखें।

◈ **बुरा संवाद, संवाद न होने से बेहतर है**

बच्चों के लिए यह बात हमेशा याद रखें कि उनका बुरा संवाद, कुछ भी संवाद न होने से बेहतर है (Bad communication is better than no communication).

जब बच्चा अपनी नाराजगी दिखाता है, कुछ तोड़-फोड़ देता है तब आपको गुस्सा आता है। आपको लगता है कि उसने ऐसा क्यों किया? जबकि वह आपको बताना चाहता है कि वह नाराज है। बच्चे को अपनी नाराजगी जताने का अच्छा तरीका मालूम नहीं है इसलिए वह ऐसा करता है। बड़े भी नाराज होते हैं मगर बड़े इतने अच्छे ढंग से नाराज होते हैं कि किसी को लगता ही नहीं कि वे कुछ गलत कर रहे हैं क्योंकि वे प्रशिक्षित हैं। बच्चे को अपनी नाराजगी जताने के तरीके मालूम नहीं होते हैं इसलिए उसे जैसा समझ में आता है, वैसा वह करता है।

अपनी नाराजगी जताने के लिए अगर बच्चे ने कुछ भी किया तो इस पर माता-पिता खुश हो जाएँ कि बच्चा आपको कुछ बता रहा है। उसे जो लगता है वह बताने का उसे हक है। सिर्फ उसे अपनी नाराजगी जताने का तरीका मालूम नहीं है इसलिए आपकी जिम्मेदारी है कि आप उसे बताएँ कि 'तुम अपनी नाराजगी अलग तरह से भी बता सकते थे। नाराजगी जताने का और भी अच्छा तरीका है। अगर तुम इस तरीके से अपनी नाराजगी दिखाते हो तो तुम्हारा काम जल्दी हो जाएगा। अगर

तुम कुछ तोड़ दोगे तो तुम्हारे काम में देरी होगी।' ये बातें जब आप उसे समझाते हैं तब बच्चा खुद ही सीख जाता है। उसे समझ में आता है कि उसने इस तरह बताया होता तो डैडी ने मेरी बात तुरंत मान ली होती, अलग तरीके से बताया इसलिए थोड़ा समय लगा। धीरे-धीरे बच्चा यह बात समझेगा और अच्छे तरीके से कम्युनिकेट (संवाद, वार्तालाप) करके अपनी नाराजगी बताएगा।

माता-पिता की यह जिम्मेदारी है कि वे अपने बच्चे को वार्तालाप करने के अच्छे तरीके सिखाएँ, जिससे किसी को बुरा भी न लगे और वे उन्हें अपनी बात भी बता सकें।

अज्ञान में बच्चों से ऐसी कुछ गलतियाँ हो जाती हैं, जिनका असर लंबे समय तक रहता है। जैसे चोरी करना, झूठ बोलना, कामचोरी करना। कई बार माता-पिता समझ नहीं पाते हैं कि उनके बच्चे ऐसा क्यों कर रहे हैं? ऐसा उसके साथ क्या हो रहा है कि वह स्कूल में, अड़ोस-पड़ोस में अपने आप को किसी से तुलना कर रहा है। जिस वजह से उसका आत्मविश्वास कमजोर हो रहा है। अगर माता-पिता ये सब बातें जानकर अपने बच्चे को सही समय पर, सही मार्गदर्शन दें तो बच्चे को उसकी थोड़ी सी गलती पर ही रोका जा सकता है। यदि समय रहते ही बच्चे पर ध्यान नहीं दिया तो उसकी गलत आदतों का परिणाम उसके साथ-साथ परिवार के हर सदस्य को भुगतना पड़ता है। माता-पिता बच्चे के सबसे अच्छे शुभचिंतक हैं इसलिए उसके अंदर से बुराई हटाकर, उसे अच्छाई के मार्ग पर लाना उनका अपने बच्चों के प्रति पहला कर्तव्य है।

जीवन कैसे जीएँ? जीवन में आनेवाली हर घटना को कैसे सकारात्मक दृष्टिकोण से देखें? जो समस्या जीवन में आती है, उसे स्वीकार करके कैसे मार्ग निकालें? यह अपने बच्चों को जरूर सिखाएँ। आप पर बीती हुई नकारात्मक बातें या आपके माता-पिता द्वारा आप पर की गई जबरदस्ती, अपने बच्चों पर न डालें। बच्चों को उनके नैसर्गिक गुणों के अनुसार जीवन जीने दें ताकि आगे चलकर वे भी वैसा ही रास्ता अपनाएँ, जो उन्हें उनकी उच्चतम अभिव्यक्ति तक ले जाए।

आपके घर में बच्चे हैं तो आपको एक मौका है
फिर से बच्चा बनने का।

-सरश्री

> विकास का अर्थ है शारीरिक, मानसिक, आर्थिक, सामाजिक, भावनात्मक और आध्यात्मिक परिपक्वता प्राप्त करना इसलिए बच्चों का पूर्ण विकास करें।
>
> -सरश्री

बच्चों के साथ खेलें, खुलें, खिलें
खेल-खेल में बच्चों को सिखाएँ

हर एक इंसान की जीवन के पाँच प्रमुख स्तरों पर उन्नति होनी जरूरी है। बच्चों का मानसिक और शारीरिक विकास जब वे तीन-चार साल के होते हैं तब से ही शुरू होता है। यह विकास बच्चे जैसे-जैसे बड़े होते जाते हैं, बढ़ता जाता है। तेज संसारी माता-पिता अपने बच्चों का सभी स्तरों पर विकास करने के लिए प्रयत्नशील रहते हैं।

बच्चों के सामाजिक विकास के लिए माता-पिता यह ध्यान रखते हैं कि बचपन से ही बच्चों को ऐसा माहौल मिले, ऐसे लोग उनके आजू-बाजू में हों जिनसे उनकी सामाजिक स्तर पर उन्नति हो सके। वे रिश्ते-नाते समझ सकें, एक-दूसरे के सुख-दुःख में भाग ले सकें।

बच्चों के मानसिक स्तर का विकास तब होने लगता है, जब उन्हें माता-पिता से प्रेरणा मिलती है, सुरक्षा मिलती है और प्यार मिलता है। माता-पिता और बच्चों में सही सुसंवाद मानसिक स्तर का विकास बढ़ाता है।

आर्थिक स्तर के बारे में बच्चा बड़ा होकर जानने लगता है लेकिन बचपन से ही यदि उसे पैसे बचाने और फिजूल खर्च न करने की आदत लग जाए, उसे जरूरत और चाहत का फर्क समझ में आ जाए तो वह बच्चा बड़ा होकर इस स्तर पर भी उन्नति कर सकता है।

एक बच्चे के लिए आध्यात्मिक उन्नति, जो जीवन का बहुत की महत्वपूर्ण अंग है, १८-१९ साल के बाद शुरू होती है। जब बच्चा कुछ बातें समझनेलायक बनता है तब उसे जीवन की बहुत ही महत्वपूर्ण समझ मिलती है। उसमें 'जीवन का लक्ष्य' जानने की प्यास बढ़ती है। आध्यात्मिक उन्नति करनेवाले बच्चे तेज संसारी बनते हैं। तेज संसारी का अर्थ है, 'न संसार में अटकना, न ही संन्यास लेकर भटकना बल्कि संसार में रहकर समझ द्वारा जीवन को आनंदित बनाना ।'

इन चारों स्तरों के साथ-साथ और एक स्तर है 'शारीरिक उन्नति'। यह शरीर जो हमें मिला है उसे स्वस्थ कैसे रखा जाए? उसमें ऐसा क्या डालें जो शरीर को तंदुरुस्त रखे? और क्या न डालें जो शरीर के लिए हानिकारक है? इसकी जानकारी हर एक को होनी चाहिए। शरीर के तंदुरुस्त रहने पर बाकी चार अंगों की उन्नति भी आसानी से हो सकती है इसलिए इस शरीर का खयाल रखना जरूरी है। बच्चे का शरीर नाजुक होता है इसलिए उसका खयाल रखना तो ज्यादा महत्वपूर्ण है। छोटी उम्र में ही बच्चों का शारीरिक विकास होता है इसलिए माता-पिता अपने बच्चों को ऐसे खेल खेलने के लिए प्रेरित करें जिनसे उनकी शारीरिक, मानसिक और बौद्धिक क्षमता बढ़े। बच्चों को केवल महँगे खिलौने लेकर देना ही काफी नहीं है बल्कि उन्हें बाहर मैदान में, बगीचे में, खुली हवा में खेलना सिखाएँ।

आज-कल कई घरों में यह देखा जाता है कि शाम को खुली हवा में घूमने और खेलने के बजाय बच्चे घर में टी.वी. के सामने बैठकर कार्टून शो, सिरियल्स, हिंसाचार बढ़ानेवाले ऐक्शन फिल्म देखते हैं। ऐसे प्रोग्राम्स देखकर कई बार बच्चा उनमें दिखाई गई बातों का अनुकरण करना सीखता है। जिसका नतीजा बच्चे जिद्दी बनते हैं, अकेले रहना पसंद करते हैं और हिंसा, मारपीट करने लगते हैं। ऐसी भावना आपके बच्चों में पैदा न हो जाए, उसके लिए आपको सतत जागरूक और

सतर्क रहना होगा। आपका बच्चा कौन से प्रोग्राम देखता है, इस पर आपको ध्यान रखना होगा।

बच्चा जब माँ की कोख से जन्म लेता है तब से वह कुछ न कुछ सीखना शुरू कर देता है। बच्चे के सीखने की शुरुआत वहीं से होती है। माँ के पेट में भी बच्चा कई बातें सीख लेता है। धीरे-धीरे बच्चा जब बड़ा होने लगता है तब उसे नए-नए खेल खेलने में मजा आता है। जो खेल बचपन में बच्चे खेलते हैं, वही खेल उनके विकास के लिए फायदेमंद होते हैं। सबसे पहले बच्चे यह सीखते हैं कि 'खेल कैसे खेला जाए?' यदि किसी खेल में एकाग्रता की आवश्यकता है तो बच्चा खेल के कारण अपने आपमें एकाग्रता बढ़ाने की कोशिश करता है। यदि किसी खेल में बौद्धिक क्षमता लगती है तो बच्चा खेल में माहिर होने के लिए उस पर भी काम करना चाहता है। इससे वह मेहनत करना सीखता है। उसे पता है कि इस खेल में अगर उसे चैंपीयन बनना है तो कैसे लगन के साथ औरों से अच्छा खेलना होगा। ये सभी बातें बच्चा खेल खेलते समय अनजाने में सीख जाता है।

छोटी-छोटी चीजों के साथ जब बच्चे खेलते हैं तब उन्हें गौर से देखें। वे हर चीज को हर तरफ से घुमा-फिराकर देखते हैं, जमीन पर पटक-पटककर देखते हैं। हर बात बच्चों को नई लगती है, चमत्कार लगती है। बच्चों के सवाल भी अजीब होते हैं, उन सवालों पर अगर सोचा जाए तो आपको समझ में आएगा कि एक छोटे से बच्चे में कितनी कल्पना, उत्सुकता, जागरूकता है। उदा. 'गेंद गोल क्यों होती है?' 'रेलगाड़ी पटरी पर ही क्यों चलती है?' 'आकाश में कितने तारे हैं?' 'दिन में चाँद क्यों नहीं निकलता?' 'बच्चों को ही सिर्फ स्कूल क्यों जाना पड़ता है?' इत्यादि। इस तरह के कई सारे और भी सवाल, अनेक छोटे बच्चे अपने माता-पिता से पूछते हैं। आपके बच्चे ने भी आपसे ऐसे सवाल पूछे होंगे मगर अधिकतर माता-पिता बच्चों के सवालों के जवाब नहीं दे पाते हैं। यदि उनके पास बच्चे के किसी सवाल का जवाब नहीं है तो वे उसे टाल देते हैं या यह कहकर उसे डाँट देते हैं कि 'ऐसे मूर्खताभरे सवाल मत पूछो।' उन सवालों पर यदि आप गौर करेंगे तो आपको पता चलेगा कि ऐसे सवाल ही बच्चों की भाषा, विचार, संशोधन का विकास करते हैं। ऐसे सवाल से ही उनकी जिज्ञासा, संशोधनवृत्ति नजर आती है। ऐसे सवाल पूछकर, नई-नई बातें सीखकर और देखकर वे आगे बढ़ते हैं इसलिए जब कभी बच्चे आपसे ऐसे सवाल पूछें या अपने साथ ऐसे खेल खेलने के लिए कहें, जो आपको अनोखे लगते हैं तो उस वक्त बच्चों की बात मानें, उनकी सहायता करें। उनके साथ खेलें

क्योंकि यही खेल बच्चों का कौतुहल, जिज्ञासा, आत्मविश्वास और संयम बढ़ाते हैं। बच्चों के जीवन में उनके साथ खेलनेवाले सबसे पहले साथी माता-पिता ही होते हैं।

आपके बच्चे किसी भी प्रकार के खेल खेलते हों मगर माता-पिता बच्चों को खेल द्वारा बहुत कुछ सिखा सकते हैं। उन्हें नई-नई बातें बता सकते हैं। इस खेल में और क्या-क्या संभावना है, यह दिखा सकते हैं इसलिए बच्चों के साथ खेलें, इसे ऊटपटाँग हरकत न समझें। खेल आपके बच्चे का आगे का विकास करता है। यदि आप बच्चों को उनकी मर्जी अनुसार खेल खेलने दें, जो उन्हें खेल में करना पड़ता है वह करने दें तो बच्चे जल्दी सीख जाते हैं। कई बार मेहनत करके जब बच्चा कुछ हासिल करता है तो उसके चेहरे का आनंद कुछ और ही होता है। बड़ा होकर जब बच्चा स्कूल, कॉलेज में जाता है, अपने दोस्तों के साथ संघ बनाकर खेलता है तो संघ में काम करने का महत्त्व (Team work) उसे पता चलता है। एक-दूसरे के साथ मिल-जुलकर कैसे रहना है या खेल की भावना (Sportsmanship) क्या होती है, यह उसे मालूम पड़ती है। खेल से बच्चों में अच्छे गुण विकसित होते हैं, जो जीवन में आगे उनका विकास करते हैं।

छोटे बच्चे जब भी खेलते हैं तो उसके साथ उनकी भावना (Emotions) जुड़ी होती है। बच्चों की भावना उनके खेल द्वारा अच्छी तरह प्रकट होती है। कभी-कभी आप यह देखते हैं कि बच्चे जब गुस्से में रहते हैं तो खिलौने या चीजें जोर-जोर से जमीन पर पटकते हैं, फेंकते हैं और चिल्लाते हैं। जब भी छोटा बच्चा कुछ करने की जिद करता है तो ऐसे में माता-पिता को संयम रखना बहुत जरूरी है। बच्चा कुछ नया काम करने के लिए, कुछ कठिन काम करने के लिए झगड़ रहा हो, कोशिश कर रहा हो, जिससे वह निराश हो रहा हो या खुश हो रहा हो तो ये सब बातें उसके विकास के लिए एक-एक पायदान हैं।

अगर आपके बच्चे के खेल में कुछ सीखनेलायक है तो आप उसे जरूर सीखने दें। उदा. घर में हम देखते हैं कि बच्चा कुछ प्लास्टिक के छोटे-छोटे ब्लॉक्स एक के ऊपर एक रखकर खेल रहा है तो सभी ब्लॉक्स गिर जाते हैं। वह फिर से कोशिश करता है, बार-बार कोशिश करता है। ८-१० बार कोशिश करने के बाद भी जब ब्लॉक्स एक के ऊपर एक नहीं ठहरते, गिरते हैं तो बच्चा निराश होकर सभी ब्लॉक्स को तहस-नहस कर देता है। फिर कुछ समय बाद वह फिर से वे ब्लॉक्स इकट्ठा करता है और पुनः कोशिश करता है। एक समय के बाद वह ८-१० ब्लॉक्स एक के ऊपर एक रखने में कामयाब होता है। अब वह अपनी जीत पर जोर-जोर से हँसता

है, कूदता है। उसकी आँखों में कामयाबी और आत्मविश्वास की चमक दिखाई देती है। यही खेल उसे सिखाते हैं कि 'हार से कभी मत हारो।'

ऐसे छोटे से खेल में जब बच्चे को माता-पिता की मदद की जरूरत महसूस होती है तो माता-पिता जरूर उनकी मदद करें। बच्चे को यह महसूस होने से कि 'मेरे माता-पिता मेरे साथ हैं', उनकी कोशिश कामयाबी में बदलती है। छोटे-छोटे खेलों द्वारा बच्चे बहुत कुछ सीखते हैं और मानसिक विकास के साथ-साथ उनका शारीरिक विकास भी होता है।

इसी तरह जब भी संभव हो और कुछ ज्यादा धोखा न हो तो बच्चों को उनके निर्णय (Decision) खुद लेने दें, जिससे उनकी निर्णय क्षमता (Decision making power) बढ़ेगी। हार और कामयाबी से बच्चे बहुत कुछ सीखते हैं इसलिए हमें उन्हें हर पल प्रोत्साहन और प्रेरणा देनी है।

अतीत को बदला नहीं जा सकता, वर्तमान से
बचा नहीं जा सकता केवल भविष्य को सँवारने
का कार्य ही वर्तमान में किया जा सकता है।
आपके बच्चे विश्व का भविष्य हैं, उन्हें सँवारें।

-सरश्री

> बच्चे के विकास का अर्थ है उसका
> खिलना व खुलना, उसके अंदर
> खेल की भावना को बढ़ाना।
>
> –सरश्री

बच्चों का संपूर्ण विकास कैसे करें
बच्चों के गुण और दुर्गुण

विकास (उन्नति) का अर्थ है खिलना और खुलना। दुनिया का सबसे बेहतरीन फोटो किसी भी काम का नहीं है यदि वह कैमरे में ही पड़ा है। जिस तरह फोटो विकसित (डेवलप) होने के बाद ही दुनिया के सामने अभिव्यक्त होता है, अनडेवलप्ड फोटो कोई भी नहीं देख पाता, उसी तरह शरीर, मन और बुद्धि की पूर्ण संभावना खुलने को विकास (उन्नति) कहा गया है।

नीचे दिए गए पाँच पहलुओं पर अपने बच्चे का विकास करें।

१) शारीरिक विकास के लिए – बच्चों के लिए सात्विक आहार का उपयोग करें। जैसे–जैसे बच्चा बड़ा होता है उसमें व्यायाम व प्राणायाम की आदतें जरूर डालें।

२) मानसिक विकास के लिए – बच्चों के साथ हमेशा सकारात्मक शब्द का प्रयोग करें। उनका हौसला बढ़ाएँ, न कि उन्हें नीचा दिखाएँ। उनके लिए एक

लक्ष्य निश्चित करके उसे आत्मसात करने के लिए उन्हें प्रेरित करें।

३) बौद्धिक विकास के लिए – बच्चों को व्यावहारिक ज्ञान सिखाएँ तथा उन्हें अपने निर्णय खुद लेने दें।

४) संपूर्ण विकास के लिए – उन्हें अच्छी पुस्तकें पढ़ने की आदत डलवाएँ। बच्चों के विकास※ से संबंधित पुस्तकें उन्हें लाकर दें ताकि ऐसी पुस्तकें पढ़कर वे प्रेरणा ले सकें।

बच्चों के संपूर्ण विकास के लिए हर माता-पिता को सजग रहना है। बच्चे मिट्टी के गोले जैसे होते हैं, उन्हें जैसा भी आकार दें, वे वैसा बन जाते हैं। अगर आपको अपने बच्चों को एक अच्छा इंसान बनाना है तो उसके जीवन के हर अंग का विकास होना जरूरी है। हर माता-पिता यह भी लक्ष्य रखें कि हमारे परिवार में जन्मा हुआ बच्चा खिले, खुले और उच्चतम अभिव्यक्ति करे। जिसके लिए हर माता-पिता को नीचे दिए गए कदम उठाने होंगे।

१) **पहला कदम :**

बिना दिशा के दुनिया में कोई विकास नहीं होता। बच्चों को सही दिशा और मार्गदर्शन देना सीखें।

२) **दूसरा कदम :**

लक्ष्य के लिए अपने बच्चों को योग्य बनाएँ। बच्चे जब बड़े होते हैं, अपना करियर चुनते हैं तब उनके सामने एक लक्ष्य होता है, जिसे वे पाना चाहते हैं। लक्ष्य पाना है तो बच्चों को उसके लिए योग्य बनाना होगा। जिस चीज के लिए आपका बच्चा तैयार हो जाएगा, वह चीज खुद चलकर उसके जीवन में आएगी।

३) **तीसरा कदम :**

बच्चों में जिम्मेदारी का एहसास जगाएँ। आपका बच्चा आपसे कुछ चाहता है, कुछ जिम्मेदारी लेना चाहता है, आपको उसे रोकना नहीं है। बच्चा बड़ा हो

※सरश्री तेजपारखी द्वारा लिखित 'संपूर्ण लक्ष्य' पुस्तक बढ़ते उम्र के बच्चों के लिए जीवन का एक बहुमूल्य उपहार है।

या छोटा हो, वह जब कोई काम जिम्मेदारी लेकर पूरा करता है तो उसकी आँखों में चमक व आत्मविश्वास दिखाई देता है। यही आत्मविश्वास उसे जीवन में बड़ी जिम्मेदारी लेने में काम आता है।

४) चौथा कदम :

बिना सकारात्मक सोच के कोई विकास नहीं होता। बच्चा जब बड़ा होकर कुछ अलग रचनात्मक काम करना चाहता है, जो उसके शरीर का गुण है तो नकारात्मक शब्द या वाक्य का उपयोग करके उसे कभी भी न रोकें। ऐसे काम के लिए बच्चों को सकारात्मक प्रेरणा की जरूरत होती है। शब्दों की शक्ति का सही उपयोग करके बच्चे को उसका लक्ष्य प्राप्त करने में सहायता करें।

५) पाँचवाँ कदम :

बच्चों में नेतृत्व गुण का निर्माण करें। दुनिया में दो प्रकार के लोग होते हैं नायक और नकलची। हमें अपने बच्चों को नायक (Leader) बनाना है। नायक में जो गुण होते हैं, वे बच्चों में विकसित करें।

६) छठवाँ कदम :

विकास की सीमा व असफलता का विचार तोड़ें। बच्चों को यह बताएँ कि विकास की कोई सीमा नहीं होती। हमारे नकारात्मक विचार, आत्मविश्वास की कमी, हमारी मान्यता – विकास की गति को सीमित करती है इसलिए असफलता का विचार कि 'मैं यह नहीं कर सकता' (I can't), कभी न कहें। बच्चों में 'मैं कर सकता हूँ ' (I can) की भावना डालें।

७) सातवाँ कदम :

बच्चों के विकास की डिक्शनरी में 'असंभव' शब्द नहीं होता। हमेशा बच्चों को प्रबल इच्छा शक्ति और दृढ़ निश्चय करने की बात सिखाएँ। आपके बच्चों की डिक्शनरी में से असंभव शब्द निकालकर 'चुनौती' शब्द डालें।

८) आठवाँ कदम :

छोटे-छोटे गुणों से महान लक्ष्य पूरे होते हैं। बच्चों को बुरी आदतों का त्याग करना सिखाएँ। बच्चे के जीवन का संपूर्ण विकास करना है तो उनमें छोटे-छोटे गुण उतरें, इस पर ध्यान दें क्योंकि इन्हीं छोटे-छोटे गुणों से वे विकास की सीढ़ी

चढ़ सकते हैं। साहस, धीरज, मनन, ईमानदारी, वचनबद्धता, आत्मविश्वास, ईश्वर पर दृढ़ विश्वास, निर्भयी आँखें ऐसे गुण हैं, जो बचपन से ही बच्चों में उतरने चाहिए।

९) **नौवाँ कदम :**

किसी भी विषय का निरंतर अभ्यास करना बच्चा सीख जाए तो उसे सफलता मिलती ही है क्योंकि कोई भी लक्ष्य कठोर परिश्रम के बिना पूरा नहीं होता। कार्य शुरू करना जितना महत्वपूर्ण है, उतना ही महत्वपूर्ण है उसे निरंतर करते रहना। बच्चों में परिश्रम करने की आदत डालें।

बच्चों में कौन से गुण डालें और कौन से दुर्गुण निकालें

क्या डालें	क्या निकालें
– जुबान से मृदु भाषा, हमेशा मुसकराकर बात करना, आदर देकर बात करना।	– जुबान से कठोर शब्द, गाली गलौज, अपशब्द निकालना
– दूसरों की अच्छी बातों पर बढ़ावा देना, प्रेरणा देना	– दूसरों की निंदा करना, आलोचना करना
– सही शब्द सही समय पर कहना	– निरर्थक बहस करना, बिना पूछे राय देना
– हमेशा पूर्णता की आदत डालना	– दूसरों के पीठ पीछे चुगली करना
– हमेशा सत्य ही बोलें और निर्भय होकर कहें	– अफवाह फैलाने की आदत, झूठ बोलना
– सोचकर बोलने की आदत यानी आत्म निरीक्षण और मनन	– कपट करना, बिना सोचे बोलने की आदत बना लेना
– दूसरों में गुण देखना	– दूसरों की गलती ढूँढ़ना
– समय का सदुपयोग करना	– काम न करने का बहाना बनाना
– लगन और मेहनत से काम करना	– लापरवाही से काम करना
– हाथ में लिया हुआ काम पूर्ण करना	– आधा अधूरा काम करने की आदत
– आहार, व्यायाम जो शरीर को तंदुरुस्त रखे	– शरीर की तरफ ध्यान न देना, सफाई न रखना
– समय का पालन और वचनबद्धता	– समय का पालन न करना
– दूसरों को समय (time) और क्षेत्र (space) देना	– दूसरों के काम में दखलअंदाजी करना
– निर्भयता, सकारात्मक सोच	– डर, नकारात्मक सोच

माता-पिता बच्चे के पहले टीचर हैं और टीचर बच्चे के दूसरे माता-पिता हैं।

-सरश्री

कभी 'हाँ' कभी 'ना' न करें
बच्चों का स्वास्थ्य आपके हाथ में

आपके बच्चों का स्वास्थ्य आपके हाथ में है। आपके बच्चे आपको देखकर अपनी आदतें बना लेते हैं। घर में माता-पिता एक-दूसरे से कैसे बातें करते हैं, कब गुस्सा होते हैं, क्या खाते हैं, कैसे खाते हैं, ये सब बातें बच्चे देखते हैं और वैसा ही अनुकरण करते हैं।

यदि आप अपने बच्चों को स्वस्थ देखना चाहते हैं तो अपनी 'कभी हाँ, कभी ना' कहने की आदत तोड़ें। इंसान जब किसी बात पर 'हाँ' कहकर 'ना' करता है या 'ना' कहकर बाद में 'हाँ' कहता है तब लोगों का उस पर से विश्वास कम हो जाता है।

माता-पिता भी जब बच्चे को किसी बात के लिए 'ना' कहते हैं, फिर बच्चे द्वारा जिद करने पर 'हाँ' कह देते हैं तब बच्चे में एक गलत आदत का निर्माण होने लगता है। बच्चा यह समझने लगता है कि माता-पिता की 'ना' 'हाँ' में बदल सकती है और 'हाँ'

'ना' में बदल सकती है, इस वजह से वह अपने मन मुताबिक कार्य करने लगता है। उसका आत्मनियंत्रण छूट जाता है इसलिए माता-पिता को इस बात का सदा खयाल रखना चाहिए कि वे जब भी बच्चे को कोई बात करने के लिए 'ना' कहें तब 'ना' कहने से पहले अपने आपसे दो बार यह पूछें कि 'क्या ना कहने के बाद बच्चे की जिद करने पर तुम हाँ कहोगे।' अगर बच्चे की जिद करने पर बाद में तुम 'हाँ' कहनेवाले हैं तो बेहतर यह होगा कि पहले ही 'हाँ' कर दें। इसी तरह 'हाँ' कहकर बाद में यदि 'ना' कहनेवाले हैं तो पहले ही 'ना' कह दें। इस तरह बच्चा यह बात बहुत जल्द ही सीख लेगा कि माँ-बाप जब 'ना' कहते हैं तब सोच-समझकर ही 'ना' कहते हैं। इस तरह बच्चा अनुशासन में जीने लगता है। हाँ कभी कभार 'ना' 'हाँ' हुई तो चल सकता है लेकिन हर बार बच्चा 'ना' को जिद करके 'हाँ' में तबदील करवा सकता है तो वह बिगड़ता जाता है।

आपका बच्चा अभी कच्चा है। उसे इस बात का पता नहीं है कि उसे क्या खाना चाहिए, कितना खाना चाहिए। बच्चे माता-पिता के मना करने पर भी जब चॉकलेट, आईस्क्रीम जरूरत से ज्यादा खा लेते हैं तब उनका स्वास्थ्य व नियंत्रण खोने लगता है। बड़े होकर बच्चे आत्मनियंत्रण बड़ी कठिनाई से सीखते हैं और वह भी तब जब कोई योग्य गुरु उन्हें मिलता है वरना वे अपना सारा जीवन अपने उद्देश्य से दूर शारीरिक सुख पाने में ही गँवा देते हैं। आज विश्व को ऐसे बच्चों की जरूरत है जो अनुशासित, मान्यता रहित, निडर व साहसी हों। जो बच्चे अपने स्वार्थ से ऊपर उठकर देश और विश्व की चेतना बढ़ाने के लिए निमित्त बनेंगे, वे ही अच्छे और सच्चे बच्चे कहलाएँगे।

माता-पिता यदि छोटी-छोटी बातों में झूठ बोलते हैं, स्वादिष्ट भोजन देखकर ज्यादा खा लेते हैं तो बच्चे भी वही सीखकर अपना आत्मनियंत्रण, अपना स्वास्थ्य खो देते हैं इसलिए हर माता-पिता अपने घर में ऐसा माहौल पेश करें जिससे उनकी प्रतिमा, आत्मछवी (इमेज) हमेशा बच्चों को अनुशासीत व प्रोत्साहित करे।

इस विश्व में किसी भी जानवर को अनुशासन में रहने की जरूरत नहीं पड़ती सिर्फ इंसान को ही अनुशासन की जरूरत पड़ती है क्योंकि इंसान ही बेहोशी में अपना स्वास्थ्य बिगाड़ देता है। किसी भी जानवर को मधुमेह (डायबिटीज़) नहीं होता, ब्लड प्रेशर नहीं होता क्योंकि जानवर बहुत ही सहज जीवन जीते हैं। उन्हें जब भी भूख लगती है, वे खाते हैं और जितनी जरूरत है उतना ही खाना खाते हैं लेकिन इंसान को कितना भी कहा जाए कि तुम्हें डायबिटीज़ हुई है, तुम शक्कर मत

खाओ, फिर भी वह छिपकर मिठाइयों का सेवन करता है, जिससे उसकी बीमारी और भी बढ़ती है। यह इसलिए होता है क्योंकि इंसान को अपने शरीर पर अनुशासन नहीं है। इंसान यह जानते हुए भी कि सिगरेट, शराब जहर की तरह उनके गुर्दे और फेफड़े खराब करते हैं, वह इन चीजों का सेवन करता है। कारण उसका अपने शरीर पर अनुशासन नहीं है। घर में बड़ों का इस तरह का व्यवहार देखकर उनके बच्चे भी वही सब सीखते हैं।

अपने बच्चों को काबिल व स्वस्थ बनाने के लिए हमें अपने मन को नियंत्रित करना पड़ेगा क्योंकि आपके बच्चों का स्वास्थ्य आपके हाथ में है और आपका स्वास्थ्य आपके मन के हाथ में है।

अपने बच्चों को ऐसी ट्रेनिंग दें कि वे बड़े होकर गर्व से यह
कह पाएँ कि मेरी माँ मेरे लिए 'मदर नेचर' है
और मेरे पिताजी मेरे लिए 'फादर फ्रेन्ड' हैं।

-सरश्री

अध्याय ७

आपको कैसे बच्चे चाहिए - जल्दी बड़े होनेवाले, देर से बड़े होनेवाले या अपने समय पर बड़े होनेवाले? जिन बच्चों की परवरिश सही माता-पिता द्वारा, सही तरीके से हुई है, वे बड़े होकर विश्व का बड़ा कार्य करते हैं।

-सरश्री

प्रशिक्षित बच्चे - विश्व की जरूरत
बच्चों की संभावना पहचानें

भारत में १४ नवम्बर चाचा नेहरु का जन्मदिवस 'बालदिवस' के रूप में मनाया जाता है। यह दिवस बच्चों की संभावना को जानने का, उसे बढ़ाने का मौका होता है। यह दिवस हर माता-पिता के लिए मनन करने का दिन है कि बच्चे किस तरह अभिव्यक्ति करें, उनका सही विकास कैसे हो। यदि बच्चों को प्रशिक्षण देनेवाले में समझ नहीं होगी तो बच्चों को तकलीफ होगी, उनका विकास रुक जाएगा।

❖ **आपको कैसे बच्चे चाहिए-जल्दी बड़े होनेवाले, देर से बड़े होनेवाले या अपने समय पर बड़े होनेवाले**

अगर आपसे ऊपर लिखा हुआ सवाल पूछा जाए तो आपका क्या जवाब होगा? बच्चा पैदा होता है तो १५-२० सालों में वह बड़ा हो जाता है। अगर ऐसी कुछ दवाइयाँ आ जाएँ कि जिनके इस्तेमाल से बच्चा ५ साल में बड़ा हो जाए तो लोग

कौन सी दवाइयाँ पसंद करेंगे? हर एक चाहता है कि बच्चा जल्दी बड़ा हो जाए।

जो बीज आप आज डालेंगे, उसका पेड़ बनेगा। जिस पेड़ के फल ५० साल के बाद आनेवाले हैं, वे पेड़ हम नहीं लगाते। ५० साल के बाद हम रहें न रहें, फल कौन खाएगा, ऐसा हम सोचते हैं। बच्चे बड़े होने में इतना समय लगाते हैं इसलिए हर एक चाहेगा कि जल्दी बड़े होनेवाले बच्चे चाहिए। अगर आपको मालूम है कि पेड़ जो ५० साल के बाद फल देनेवाला है, वह सदियों तक काम कर सकता है तो आप वह पेड़ लगा पाएँगे। बच्चे बड़े होने में समय लगाते हैं तो हमें यह समझ होनी चाहिए कि ये बड़े होकर क्या कर सकते हैं? उनकी क्या संभावनाएँ हैं? उन्हें समय देना, उनकी देखभाल करना क्यों जरूरी है?

अल्प अवधि के छोटे लाभ में हमें नहीं उलझना है। हम यह देखें कि लंबी अवधि के लाभ क्या हैं। आगे सदियों में क्या होगा? यही बच्चे बड़े होते हैं, ये ही बच्चे देश को संभालते हैं, विश्व को संभालते हैं। उन्हें प्रशिक्षण (ट्रेनिंग) देना कितना आवश्यक है। अप्रशिक्षित (अनट्रेन्ड) होकर बच्चे बड़े हो जाएँगे तो विश्व का क्या हाल होगा?

बच्चों को सही ढंग से संभालना है तो उनके आजू-बाजू में कौन सी चीजें पड़ी हुई हैं, यह देखें। वह कौन सी चीजों के संपर्क में आनेवाला है, यह जाँचें। उदा. यदि आपके पास एक खिलौना है, उसे आप चला रहे हैं और वह खिलौना ऐसा है कि वह पूरे इलाके में घूमता रहता है और जो भी चीजें देखता है उन्हें खा जाता है, निगल लेता है - जैसे लोहे की चीजें, पत्थर, कंकर, जो भी है वह निगल जाता है। वह जो चीजें निगल लेता है उससे उसके सर्किट (मशीन) में खराबी आ जाती है। अगर आपको उस खिलौने की जानकारी है कि इसके सर्किट में इस-इस तरह की चीजें गईं तो वह खिलौना खराब हो जाएगा तो आप उस पूरे इलाके का सर्वेक्षण करते हैं कि कहाँ-कहाँ वे नुकसानकारक चीजें पड़ी हैं, आप उन्हें वहाँ से हटा देते हैं। बच्चा भी ऐसा ही एक खिलौना है।

एक बच्चा कहाँ-कहाँ जा रहा है? क्या-क्या देख रहा है? क्या-क्या सुन रहा है? उनमें से कौन सी चीजें उसके लिए हानिकारक हैं? यह देखना आवश्यक है क्योंकि बच्चा सभी चीजों को निगल लेता है। जो भी देखता है उसे अपने अंदर डालता जाता है। वह ऐसी चीजें भी निगलकर आता है जिससे उसे तकलीफ हो जाती है।

माता-पिता की ये जिम्मेदारी होती है कि वे सर्वेक्षण करें, कौन सी चीजें बच्चों के

रास्ते से हटा सकते हैं, कौन सी नहीं हटा सकते, यह परखें। जिन्हें नहीं हटा सकते उनके लिए क्या करें? जिन्हें हटा सकते हैं उनके लिए क्या करें? यह जिम्मेदारी हर एक महसूस करे तो बच्चों को पालना आसान हो सकता है। हम नव युग निर्माण कर सकते हैं।

प्रशिक्षित माता-पिता यदि यह चाहते हैं कि बच्चों का विकास सही ढंग से हो तो हर माता-पिता को ट्रेनर का रोल करना होगा। हर माता-पिता को अपने बच्चों को वह ट्रेनिंग देनी होगी, जिससे उनका बच्चा आसानी से समझ जाए, सीख जाए, अपना संपूर्ण विकास कर पाए।

यदि आपको किचन साफ करना हो तो किचन में जाना पड़ता है तभी किचन की सफाई होती है, उसी तरह बच्चों को सही ट्रेनिंग देनी है तो उनकी भाषा भी हमें सीखनी होगी। प्रशिक्षित (ट्रेन्ड) बच्चे विश्व में बहुत बड़ी क्रांति ला सकते हैं इसलिए उनकी पूरी सँभावनाएँ खोलनी होंगी और यह काम सही प्रशिक्षण (ट्रेनिंग) से ही संभव है।

अफसोस की बात यह है कि कई माता-पिता अपने बच्चों को उस तरीके से पालते ही नहीं। उन्हें यह खयाल ही नहीं आता कि ये बच्चे बड़े होकर एक बड़ी क्रांति कर सकते हैं। अगर बच्चों को सही ट्रेनिंग दी गई, सही समय पर उनका खयाल रखा गया, सही समय पर उनके सवालों को सुलझाया गया, उनके अंदर के गुणों को बढ़ाने के लिए उन्हें प्रोत्साहन दिया गया और उनके अवगुणों को निकालने के लिए समझ दी गई तो ही उनका संपूर्ण विकास होगा। उनकी गलत आदतें (वृत्तियाँ) बनने के पहले ही यदि उन्हें समझ दी गई तो बड़े होकर उन्हें उन आदतों (वृत्तियों) के साथ संघर्ष नहीं करना पड़ेगा। हर माता-पिता को बच्चों की मदद करनी ही है ताकि वे दूसरों को मदद कर पाएँ।

◈ **बच्चों में वृत्तियों का जन्म :**

बच्चा जब छोटा होता है, उसे कुछ कहा जाता है तब वह अपनी समझ अनुसार प्रतिसाद (रिसपॉन्स) देता है और उस प्रतिसाद के कुछ लाभ उसे दिखाई देते हैं। उसे यह नहीं मालूम कि आगे चलकर इस तरह के प्रतिसाद हमेशा आते गए तो यह उसकी वृत्ति बनेगी और हो सकता है कि यह वृत्ति उसके संपूर्ण विकास में बाधा बने।

उदाहरण - बच्चे ने किसी का कुछ काम किया और उसके बदले में उसे चॉकलेट मिला या पिक्चर जाने का मौका मिला तो उसे अच्छा लगता है। फिर वह हमेशा इस तरह के रिसपॉन्स की अपेक्षा रखता है, जो धीरे-धीरे आगे चलकर यह उसका पैटर्न बन जाता है, उसकी प्रवृत्ति बन जाती है, जो उसे आगे तकलीफ दे सकती है।

बच्चों के साथ हमेशा सुसंवाद करना आवश्यक है। सही समय पर उन्हें चेतावनी दें या उनके सवालों का सही जवाब दें। अगर ऐसा हुआ तो बच्चों में पैटर्न, वृत्तियाँ नहीं बनेंगी। छोटे बच्चों में जब पैटर्न बनने शुरू होते हैं तब उन्हें लगता नहीं कि यह वृत्ति आगे चलकर उनका नुकसान करनेवाली है क्योंकि उससे अभी उन्हें कुछ हानि दिखलाई नहीं देती। उन्हें लगता ही नहीं कि यह पैटर्न बन रहा है इसलिए माता-पिता को इस बात के लिए सजग रहना है।

बच्चे क्या सुनते हैं, क्या देखते हैं और इससे उनके अंदर क्या मान्यताएँ और धारणाएँ प्रवेश कर रही हैं? इनसे कौन सी वृत्तियाँ, पैटर्न बन रहे हैं? ये पैटर्न बनने से पहले ही अगर उन्हें तोड़ा गया, रोका गया तो हर बच्चा मान्यताओं से मुक्त होगा, कपटमुक्त होगा। जैसा शुद्ध बीज माता-पिता डालेंगे, वैसा पेड़ बनेगा और यह वृक्ष महान काम करेगा क्योंकि वह सही तरीके से बड़ा हुआ है। हम हमेशा देखते हैं कि जिन बच्चों की परवरिश सही माता-पिता द्वारा, सही तरीके से हुई है, वे बड़े होकर जरूर बड़ा कार्य करते हैं। देश का विकास, विश्व का विकास करने में उनका हमेशा सहयोग होता है क्योंकि उन्हें सही ट्रेनिंग मिली होती है। ऐसे होनहार बच्चों के विकास में उनके माता-पिता का बहुत बड़ा योगदान होता है।

बच्चे बड़े ग्रहणशील होते हैं इसलिए उनके आजू-बाजू में क्या चल रहा है और वे किन-किन बातों के, किन-किन लोगों के संपर्क में आते हैं, यह देखना अति आवश्यक है। अगर वे ऐसे लोगों के संपर्क में आते हैं जिनसे बच्चों को हानि होगी, उनके विकास में रुकावट आएगी तो ऐसे लोगों से, ऐसी बातों से, ऐसे वातावरण से बच्चों को दूर रखना होगा। साथ-साथ बच्चों को यह शिक्षा भी दें कि अगर ऐसी नकारात्मक बातें उनके साथ हुई हों तो वे कैसे उनसे बचकर रहें ताकि ऐसी चीजों का उनके विकास पर असर न पड़े।

आज के बच्चों की संभावनाएँ बहुत बड़ी हैं। समय के साथ-साथ बच्चों की समझ भी बढ़ रही है। बच्चे बहुत जल्दी हर बात सीख रहे हैं। उनकी योग्यता बढ़ रही है। बचपन में जो भी बातें वे सीखते हैं, उनसे वे जीवन में काम करते हैं, उनसे उनकी दृढ़ता (कनविक्शन) बढ़ती है इसलिए यह आवश्यक है कि ऐसी ही बातें बच्चों के संपर्क में लाई जाएँ जिससे उनका जीवन सहज, सरल और शक्तिशाली बने और गलत मान्यताओं से उन्हें बचाया जा सके।

कोई भी असफलता, असफलता नहीं होती बल्कि वह आगे बढ़ने के लिए नया कदम (स्टेपिंग स्टोन) होता है। किसी कार्य में असफलता मिलना असफलता नहीं है बल्कि कोई कार्य बंद कर देना असफलता है।

-सरश्री

बच्चे सीखें असफलता के सही मायने

पढ़ाई परेशानी नहीं, मौका बने

बच्चों की मार्क्स (अंक) माता-पिता की स्टेटस का सवाल न बनें। बच्चे की हर कामयाबी उनके लिए गर्व का कारण बनती है, उनके स्टेटस में बढ़ोतरी करती है। वहीं दूसरी ओर बच्चे की हर नाकामयाबी, समाज में उनके सम्मान को ठेंस पहुँचाती है। इन सबके चलते माता-पिता बच्चों पर दबाव डालते हैं कि 'तुम्हें ऑल राऊँडर बनना है... हर विषय में अव्वल आना है... हर एग्ज़ाम में पहला नंबर लाना है...।' ऐसे में माता-पिता का स्टेटस तो इंद्र के आसन की तरह कभी भी हिल जाता है। आज बेटा अच्छे मार्क्स लाया तो आसन सुरक्षित दिखता है... आज अच्छे मार्क्स नहीं लाया तो वापस इंद्र का आसन खतरे में है। उनके सिर पर हमेशा एक डर बना रहता है। इसलिए उन्हें ही यह तय करना है कि ज़िंदगीभर डर-डरकर जीना है या इससे बाहर आना है।

जब माँ-बाप कहते हैं, 'ये मेरे बच्चे हैं,' तो 'मेरे बच्चे' कहते ही आँखों पर पट्टी बँध जाती है। इंसान यही सोचता है कि 'मेरे बच्चों को ऐसा ही करना चाहिए... ऐसा नहीं करना चाहिए... इतने मार्क्स लाने चाहिए... फेल नहीं होना चाहिए... मेरे मन मुताबिक ही सब करना चाहिए...' आदि। फिर तकलीफ शुरू होती है। यदि माँ-बाप यह सोचें कि 'ये बच्चे हमारे द्वारा इस दुनिया में आए हैं, उनकी अपनी यात्रा है, हमें केवल निमित्त बनना है' तो उन्हें तकलीफ होनी बंद हो जाएगी।

माता-पिता को चाहिए कि मालकियत जताने के बजाय सिर्फ निमित्त बनकर रहें तो वे भी मज़े में रहेंगे और बच्चा भी खुश रहेगा। आगे चलकर जब बच्चा अपना मुकाम हासिल करेगा, कुछ बन जाएगा तो वह आपको धन्यवाद ही देगा क्योंकि आपने उसे खिलने-खुलने का पूरा मौका दिया।

किसी भी बच्चे को परीक्षा में फेल होना बुरा नहीं लगता। उसे तो तब बुरा लगता है, जब माँ-बाप उसे डाँटते हैं। फेल होने के बाद बच्चा यही कहता है, 'अब वापस से उसी क्लास में पढ़ाई करूँगा। मैंने पिछले साल इस क्लास में पढ़ाई की है इसलिए मुझे सब आता है। मैं दूसरे बच्चों से होशियार हूँ।' उसे तो मज़ा आता है मगर माँ-बाप डाँटते हैं, चिल्लाते हैं तो उसे दुःख होता है। उसे कभी भी फेल होने का दुःख नहीं होता है। 'असफलता' यह शब्द बच्चे के लिए है ही नहीं। बच्चा जब बड़ा होता है तो उसे असफलता का रोग लग जाता है। परंतु कोई भी असफलता, असफलता नहीं है। असफलता तो एक सीढ़ी है, जो विकास की ओर ले जाती है।

कुछ बच्चों में यह देखा जाता है कि उन्हें किसी विषय में थोड़ी भी असफलता मिलती है तो वे उसे स्वीकार नहीं कर पाते। ऐसे समय में उन्हें माता-पिता के मार्गदर्शन की आवश्यकता होती है।

सबसे पहले तो बच्चों को यह बताना चाहिए कि कोई भी असफलता, असफलता नहीं होती बल्कि वह आगे बढ़ने के लिए नया कदम (स्टेपिंग स्टोन) होता है। **किसी कार्य में असफलता मिलना असफलता नहीं है बल्कि कोई कार्य बंद कर देना असफलता है।** जैसे कम मार्क्स मिलने पर बच्चा कहे, 'मैं स्कूल ही नहीं जाऊँगा' तो वह असफलता की ओर जा रहा है। ऐसे समय में उसे यह बताएँ कि 'किसी एक विषय में कम मार्क्स मिलना, असफलता नहीं है। चूँकि अब आप बड़े होते जा रहे हैं और अब आपको कई विषयों का अध्ययन करना पड़ता है इसलिए अब आपको ज़्यादा मेहनत करने की ज़रूरत है। पहले आप दो विषय संभाल रहे थे अब चार संभाल रहे हैं, कल

छह संभालेंगे। इसमें आपका विकास ही हो रहा है। अत: असफलता को सीढ़ी बनाना सीखना है।'

जैसे जगलर (जादूगर) बड़ी चतुराई से एक ही समय में तीन-चार बॉल के साथ खेलता है। इस खेल में वह यूँ ही माहिर नहीं हो जाता। इसमें महारत हासिल करने के लिए पहले वह निरंतरता से इसका अभ्यास करता है। शुरुआत में वह दो बॉल के साथ प्रयोग करता है, जिसमें वह सफल होता है। फिर तीन बॉल के साथ खेलता है मगर बॉल बार-बार नीचे गिर जाती है। फिर उसे महसूस होता है कि उसके हाथों को और थोड़े प्रशिक्षण की आवश्यकता है। थोड़े अभ्यास के बाद वह तीन बॉल के साथ सफलतापूर्वक खेलने लगता है। अब वह चार बॉल के साथ प्रयोग करता है। जिसमें शुरू में वह असफल होता है। इस तरह वह अपना अभ्यास जारी रखता है।

इस उदाहरण से आपको समझ में आया होगा कि आपको भी हर असफलता से अपने जीवन के सबक सीखते हुए आगे बढ़ना है, खुद को और ज़्यादा प्रशिक्षित करना है। साथ ही बच्चों को भी यही सिखाना है।

असफलता के पीछे ही सफलता छिपी हुई है। किसी विषय में असफल होना तो एक साधारण सी बात है, इसमें कोई बड़ी बात नहीं है। ऐसी घटनाएँ आपका आत्मविश्वास बढ़ाने के लिए निमित्त बनती हैं। अपने जीवन में आई हुई असफलता से न डगमगाते हुए आपको बच्चों में यह संप्रेषित करना है कि असफल होना नॉर्मल है। जब तक आप इन घटनाओं से गुज़रकर निपुण नहीं बनते तब तक ऐसी घटनाएँ आती रहेंगी। एक बार निपुण हो जाने के बाद दुनिया की सारी उच्चतम चीज़ें अपने आप आपके पास आएँगी क्योंकि आप निपुण होने की भावना से ही काम कर रहे हैं। अत: आप अपना अभ्यास करते रहें, बाकी चीज़ें अपने आप सुलझती जाएँगी।

पढ़ाई के लिए प्लेटफॉर्म बनाएँ

जब माता-पिता पढ़ाई करने के लिए कहते हैं तो कुछ बच्चे यही जवाब देते हैं कि 'मुझे सब कुछ आता है।' फिर माता-पिता बच्चे पर गुस्सा होते हैं। ऐसे में पहले तो यह समझें कि जब बार-बार एक ही तरह की घटना हो रही है तो उस घटना में बच्चे को सिखाने की कोशिश नहीं करनी है। जब सब शांत है, सब आराम से बैठे हैं, तभी उससे थोड़ी बातचीत करनी चाहिए। बच्चे के साथ एक प्लेटफॉर्म बनाने की आवश्यकता है। वरना माँ-बाप बच्चों के साथ तभी बातचीत करते हैं, जब कोई समस्या आती है। इस तरह की कोई समस्या आने से पहले ही बच्चों के साथ मिलकर प्लेटफॉर्म बनाएँ। रोज़

बच्चे से बातचीत करें, उससे पूछें कि उसकी पढ़ाई कैसे चल रही है, स्कूल में आज क्या हुआ, उसे कोई समस्या तो नहीं। माता-पिता रोज़ बच्चे से बातचीत करेंगे तो समस्या आएगी नहीं।

माँ-बाप पहले से ही इस तरह का प्लेटफॉर्म बनाते हैं तो उससे फायदा यह होता है कि बच्चा उनकी कोई बात नहीं मान रहा है तो वे उससे बातचीत कर सकते हैं कि 'तुम जो कार्य कर रहे हो, पढ़ाई कर रहे हो, उसमें और क्या सुधार होना चाहिए, घर के बड़े लोग कुछ बता रहे हैं तो किस तरह महत्त्व देकर सुनना चाहिए' आदि। सुनने का महत्त्व क्या है, यह उन्हें समझाना बहुत आवश्यक है।

आप बच्चे को अपना उदाहरण देकर बता सकते हैं कि 'जब हम छोटे थे तो हमें भी पहले ऐसा ही लगता था कि हमें सब मालूम है, सब आता है लेकिन ऐसा नहीं है। हमें बहुत सारी चीज़ें मालूम नहीं होती हैं। जब हमसे कुछ सवाल पूछे जाते थे तो हमें पता चलता था कि हमें बहुत सी चीज़ें मालूम नहीं हैं। चलो अब हम भी आपको कुछ सवाल देते हैं, आपको उनके जवाब लिखने हैं। उससे आपको पता चल जाएगा कि आपको कितना मालूम है और कितना नहीं।' फिर आपस में बातचीत करके यह तय करें कि कब-कब आप इस तरह सवाल पूछकर उसकी टेस्ट लेंगे। फिर आप बच्चे को कुछ सवाल देंगे, वह उनके जवाब लिखेगा। जिससे या तो उसकी गलतफहमी दूर हो जाएगी या तो माता-पिता की गलतफहमी दूर हो जाएगी। अगर उसे सवालों के जवाब मालूम हैं तो उनकी गलतफहमी दूर हो जाएगी और बच्चे को जवाब नहीं मालूम है तो उसकी गलतफहमी दूर हो जाएगी। वरना बिना वजह माँ-बाप डरते रहते हैं कि हमारे बच्चों को कुछ नहीं आता है। बच्चे के साथ इस तरह का प्लेटफॉर्म कैसे बनाया जाए, इस पर अवश्य सोचें। जब बच्चे को अपना उदाहरण देंगे तो बच्चा भी समझ जाएगा कि ये अपना अनुभव बता रहे हैं तो मुझे भी इस पर सोचना चाहिए। बच्चे भी सीखना चाहते हैं, समझना चाहते हैं इसलिए वे भी एक कदम आगे आएँगे।

बच्चे को आप बिना प्लेटफॉर्म बनाए सीधा उसके दोष बताएँगे कि 'तुम यह काम ठीक से नहीं करते हो... वह नहीं करते हो... तुमने यह गलत किया है... वह गलत किया है...' तो बच्चा आपसे बात ही नहीं करना चाहेगा। क्योंकि बातचीत होगी तो आप तुरंत उसके दोष बताना शुरू कर देंगे इसलिए वह आपसे दूर ही भागेगा। इसलिए पहले ही बच्चे के साथ प्लेटफॉर्म बनाएँ, उसके बारे में कुछ अच्छी बातें उसे बताएँ तो फिर वह सुनना चाहेगा।

यदि वह कहता है कि उसे सब याद रहता है तो आप कुछ सवाल देकर उसकी टेस्ट ले सकते हैं। जहाँ पर भी गलतफहमी है, दूर हो जाएगी। वरना आप सिर्फ डाँटते रहेंगे कि बच्चा गलत ही कर रहा है, पढ़ाई नहीं कर रहा है यानी गलत ही कर रहा है। इस तरह एक ही धारणा बनाकर बैठ नहीं जाना है।

माता-पिता की उपस्थिति बच्चों को आगे बढ़ने में मदद करे। आप उनकी खूब सराहना करें और यह कहकर उनका हौसला बढ़ाएँ कि 'तुम कुछ अलग कर सकते हो... तुम बहुत कुछ कर सकते हो... तुम्हारे लिए सब संभव है क्योंकि तुम्हारे अंदर ऐसे गुण हैं... इन गुणों को और बढ़ाओ... चलो हम मिलकर चर्चा करते हैं कि इन गुणों को बढ़ाने के लिए और क्या-क्या करना चाहिए... हम उसमें तुम्हारी मदद करेंगे...' इत्यादि। यह सुनकर बच्चों को भी अच्छा लगेगा कि 'मुझमें ये गुण हैं।' एक समय तक तो उसकी बहुत तारीफ होनी ही चाहिए। फिर एक समय के बाद उसे समझ में आएगा कि 'अब कोई तारीफ करे या न करे, मैं इसी रास्ते पर चलनेवाला हूँ।' सिर्फ वह समय आने तक आपको उसे संभालने की आवश्यकता है।

आपकी असफलता के पीछे ही सफलता छिपी हुई है।

-सरश्री

पहली गलती हो गई तो दूसरी गलती आसानी से होती है। इसलिए पहली गलती पर ही बच्चे को सँवार लें।

-सरश्री

चरित्रवान युवाओं की आज है ज़रूरत

आपका लक्ष्य, आपका परिश्रम आपकी सफलता

चरित्रवान बनने का अर्थ है यह जानना कि चरित्र हमारी सबसे बड़ी संपत्ति है, फिर इसी समझ के आधार पर अपना जीवन जीना है। अपनी रोजमर्रा की गतिविधियाँ जारी रखते हुए हमें ऐसा व्यवहार करना है, जिससे हमारी नींव इतनी मजबूत हो जाए कि उसे कोई भी हिला न पाए।

आज-कल लोगों का ध्यान दूसरी चीजों पर ज्यादा रहता है, उदा. सुख-सुविधाएँ, बंगला, गाड़ी इत्यादि इसलिए चरित्र बनाने का महत्त्व धीरे-धीरे गायब होता जा रहा है। जहाँ दुनिया में इतनी चीजों के लिए कठिन प्रयास चल रहे हैं तो चरित्र के लिए क्यों नहीं! इसे तो सबसे पहली प्राथमिकता देनी चाहिए। यह वक्त की माँग यानी डिमांड है। युवाओं की ज़रूरत है।

युवाओं का चरित्र बिगड़ने या संवरने में दोस्तों का बड़ा हाथ होता है। ऐसे में यह

समझना ज़रूरी है कि दोस्ती किस से हो और किस से न हो? एक बुद्धिमान लड़का जब किसी ऐसे लड़के से दोस्ती करता है, जो छोटी-छोटी बात पर झूठ बोलने का आदी है तब बुद्धिमान और अच्छे चरित्रवाला लड़का भी धीरे-धीरे झूठे मित्र की संगत में झूठ बोलना सीख जाता है। अब वह स्कूल-कॉलेज के नाम पर दोस्त के साथ पार्टी में जाता है, फिल्में देखता है, व्यसनों में फँसता चला जाता है। जिससे उसकी बुद्धि धीरे-धीरे भ्रष्ट होती जाती है। पढ़ाई में उसका मन नहीं लगता। वह एग्जाम में फेल होने लगता है।

आगे चलकर उसे इन व्यसनों को जारी रखने के लिए पैसों की जरूरत होती है। जब-जब उसे पैसों की जरूरत महसूस होती है, वह लोगों से बहाने बनाकर, झूठ बोलकर पैसे माँगने लगता है। अपने माँ-बाप से भी झूठ बोलकर पैसे ऐंठने लगता है। यहाँ तक कि वह चोरी भी करने लगता है। धीरे-धीरे उसमें हर छोटी से छोटी बात पर भी झूठ बोलने की आदत निर्माण होती है। जिसके कारण आगे चलकर लोगों की नजरों में वह अविश्वसनीय बन जाता है। उस पर कोई भी भरोसा नहीं करना चाहता।

कहने का अर्थ है- पहली गलती हो गई तो दूसरी गलती आसानी से होती है। जो एक झूठ बोलते हैं उसे दूसरा झूठ बोलना पड़ता है, फिर तीसरा...। इस तरह युवा झूठ और कपट के दुश्चक्र में फँस जाते हैं, झूठ के काले रंग में मैले हो जाते हैं।

बहुत बार युवा अवस्था में हमें अच्छे-बुरे के बीच खींची महीन रेखा में फर्क पता नहीं होता। अकसर गलत बात को भी हम अपने तर्क में बिठा देते हैं।

अगर कोई चीज हमारे पास नहीं है तो हमें उस चीज की कमी लगती है, दूसरों के सामने अपमानित महसूस होता है। 'मेरे पास यह चीज नहीं है, मेरे दोस्त मेरे बारे में क्या सोचेंगे?' यह सवाल मन में आता है। फिर उस चीज को पाने के लिए हम कुछ भी कर गुजरते हैं, झूठ का सहारा लेते हैं और अपना जीवन बरबाद कर लेते हैं।

अपने चरित्र को मजबूत बनाने के लिए झूठ और लालच का सहारा लेना हमें बंद करना होगा। बिना लालच और झूठ के भी हमारे पास सब कुछ आ सकता है, जरूरत है केवल ऑनेस्ट थिंकिंग की। युवा ईमानदारी से खुद की पूछ-ताछ कर, यह सोचे, 'झूठ बोलकर उसे कौन से फायदे मिलनेवाले हैं और क्या नुकसान होनेवाला है? लालच में फँसकर क्या होगा? यदि इन बातों ने आदत का रूप ले लिया तो उसके और उसके आस-पास के लोगों के जीवन में कौन-कौन सी समस्याएँ पैदा हो सकती हैं?'

छोटी-छोटी बातों पर झूठ बोलना एक तरह का गलत संस्कार है और इस संस्कार

को इंसान हर रोज बेधड़क गहरा बनाता जाता है। जिसके परिणाम उसे आगे भुगतने पड़ते हैं।

सफलता का कोई शॉर्टकट नहीं

जिन युवाओं की नींव नाइन्टी कमजोर होती है, वे हर समय सुविधा और बिना श्रम के अपने कार्य पूरे होने के स्वप्न देखते हैं। वे न सिर्फ कड़ी मेहनत से घबराते हैं बल्कि हमेशा की तरह सफलता पाने में शॉर्टकट अपनाना चाहते हैं। ऐसी सफलता पाने के लिए वे भ्रष्टाचार, नफरत तथा गलत लोगों का सहारा लेने से भी नहीं चूकते।

एक प्रोफेसर कॉलेज में बायोलॉजी के अंतिम वर्ष की परीक्षा लेने जा रहे थे और उनके हाथ में कुछ कागज थे। उन्होंने विद्यार्थियों से कहा, 'इस सेमिस्टर में आप लोगों को पढ़ाना अच्छा लगा। अगर आप इस परीक्षा में उत्तीर्ण हो गए तो मेडिकल कॉलेज में जाओगे। आप लोगों की कड़ी मेहनत देखकर मैं यह प्रस्ताव रखता हूँ कि जो लोग यह परीक्षा नहीं देना चाहते, उन्हें परीक्षा दिए बगैर ही 'बी' ग्रेड मिल जाएगा।

ज्यादातर विद्यार्थी खुश हो गए और उन्होंने प्रोफेसर का प्रस्ताव खुशी-खुशी मंजूर कर लिया तथा बाहर चले गए। इसके बाद प्रोफेसर ने बचे हुए चंद विद्यार्थियों से पूछा, 'और कोई जाना चाहता है? यह आखिरी मौका है।' एक और विद्यार्थी उठकर चला गया। इसके बाद प्रोफेसर ने दरवाजा बंद करके उपस्थिति ली और बचे हुए विद्यार्थियों से कहा, 'मुझे खुशी है कि तुम सबको अपनी योग्यता पर विश्वास है। इसलिए मैं बिना परीक्षा लिए तुम सबको 'ए' ग्रेड देता हूँ।'

जो विद्यार्थी क्लासरूम से उठकर बाहर चले गए, वे शॉर्टकट अपनाकर बड़े खुश थे। उन्हें इस बात की खुशी थी कि वे परीक्षा से बच गए और उन्हें मुफ्त में 'बी' ग्रेड मिलनेवाला है। जो विद्यार्थी रुके रहे उन्होंने लॉन्ग कट, जो हकीकत में नॉर्मल कट होता है यानी मेहनत का रास्ता अपनाया। नतीजा यह हुआ कि उन्हें 'ए' ग्रेड मिल गया।

कमजोर चरित्र के युवा पैसे को ही विकास की सीढ़ी तथा लक्ष्य मानते हैं। वे लोगों को ऐसा सिखाते हैं कि अपनी कला और कौशल से केवल अधिकाधिक धन का संचय करना चाहिए। अनुचित तरीके से प्राप्त धन मिलने पर युवा केवल सुख-सुविधा एकत्र करने लगते हैं। वह प्रत्येक क्षण विलासिता की तलाश में खो जाता है।

हर युवा को यह जान लेना चाहिए कि सच्ची सफलता के लिए शॉर्टकट की नहीं बल्कि सही दिशा में परिश्रम करने की आवश्यकता होती है। अत: अपनी नींव को

मजबूत बनाने के लिए हर युवा को सुविधा की कामना को घटाकर, अपनी योग्यता तथा परिश्रम को प्रायोरिटी देनी चाहिए।

अपनी योग्यता तथा परिश्रम को सही जगह पर लगाने के लिए हमें पहले अपने जीवन का लक्ष्य निर्धारित करना होगा। लक्ष्य बनाने से युवाओं की कोई भी समस्या सुलझ सकती है। उदाहरण * आलस्य * बोरडम * मनी मॅनेजमेंट /बचत * संघ की समस्याएँ * समय नियोजन। एक बार जब युवा अपनी प्राथमिकताएँ तय कर लेंगे तो सभी चीजें सुलझती जाएँगी।

जॉन वुडन ने कहा है, 'योग्यता आपको शिखर पर तो पहुँचा सकती है लेकिन वहाँ बने रहने के लिए चरित्र की जरूरत होती है।' लोग सिर्फ शारीरिक सुंदरता के माध्यम से जीवन में सफलता के उच्च शिखर पर पहुँचना चाहते हैं। कुछ लोग ऐसा कर भी लेते हैं मगर उनके मन की पवित्रता खो जाती है। शक्ति की वजह से और समझ की कमी के कारण लोगों का मन शुद्ध नहीं रहता। ऐसे युवा जीवन में सफलता हासिल तो कर लेते हैं लेकिन चरित्र की दौलत गँवा बैठते हैं।

जिसका मन निर्मल नहीं होता, उसका चरित्र भी पाक नहीं रहता। इसके विपरीत कुछ लोग अपने जीवन में सफलता के उच्च शिखर पर नहीं पहुँच पाते लेकिन उनके पास मन की शुद्धता और चरित्र की दौलत होती है इसलिए वे उच्चतम सफलता पाते हैं।

आज समय आ चुका है कि स्कूल-कॉलेजों से ही विद्यार्थियों को इस विषय पर जानकारी दी जाए ताकि वे जीवन में सही लक्ष्य तय कर, नैतिक जीवन यानी मॉरल वैल्यूज की संपत्ति कमा पाएँ।

बिना लालच और झूठ के भी हमारे पास सब कुछ आ सकता है,
ज़रूरत है केवल ऑनेस्ट थिंकिंग की।

-सरश्री

४ नकारात्मक पहलू मिटाएँ

१. छोटी-छोटी समस्याएँ मिटाएँ
२. बेहोशी में क्रोध न करें
३. बच्चों से संबंधित मान्यताएँ मिटाएँ
४. शंकाएँ समझकर मिटाएँ

जिस तरह दो ट्रेन आस-पास एक साथ चल रही होती हैं परंतु दोनों की यात्राएँ अलग-अलग होती हैं, उसी तरह आपका बच्चा आपके साथ यात्रा कर रहा है, उसे अपनी यात्रा करने दें। उसे अपने सबक सीखने में मदद करें।

आप अपने बच्चे को महँगे खिलौने नहीं भी दे पाए तो संकोच न करें लेकिन उन्हें 'प्यार और आत्मविश्वास' जरूर दें। इन दो गुणों से आपके बच्चे के अंदर आत्मसम्मान (सेल्फ एस्टीम) बढ़ेगा।

-सरश्री

बच्चों की समस्याएँ सुलझाएँ - ८ संकेत

बच्चों में आत्मसम्मान जगाएँ - १० कदम

आप अपने बच्चे को महँगे खिलौने नहीं भी दे पाए तो संकोच न करें बल्कि उन्हें 'प्यार और आत्मविश्वास' जरूर दें। आपके इन दो गुणों से बच्चे के अंदर आत्मसम्मान (सेल्फ एस्टीम) बढ़ेगा।

अनेक माता-पिता यह सोचते हैं कि ज्यादा लाड़ प्यार करेंगे तो बच्चा बिगड़ जाएगा मगर हकीकत यह है कि बच्चा प्यार से नहीं, जोर-जबरदस्ती से ही बिगड़ता है। इसका अर्थ ऐसा नहीं कि बच्चे को ऐसा प्रेम करें जिसमें वह जो भी चाहे, वह उसे दिया जाए या फिर उसे अच्छे-अच्छे कपड़े, खिलौने लेकर दिए जाएँ।

प्यार का मतलब है आपकी बातों से बच्चों में आत्मसम्मान जग जाए। आपका बच्चा आपको वह दे पाए, जो उसने आपसे पाया है- सच्चा प्रेम, बेशर्त प्रेम। ऐसा प्रेम अपने बच्चों से करें। बचपन में ही बच्चे को यह पक्का हो जाए कि

हमारे माता-पिता का प्यार कुछ भी हो गया तो कम नहीं होगा। उसके बाद ही वह बच्चा खिलेगा और खुलेगा। जीवन में वह उच्चतम लक्ष्य पाएगा, जो पाना उसका स्वभाव है।

बच्चे में आत्मसम्मान (सेल्फ एस्टीम) बढ़ाने के लिए नीचे दी गई दस बातें होना आवश्यक हैं :

१) **आत्मविश्वास (Self-confidence)** : किसी काम को फिर वह चाहे कठिन क्यों न हो, कर सकने का आत्मविश्वास जगना।

२) **आदर (Respect)** : स्वयं और दूसरों का आदर इस समझ के साथ करना कि विश्व का हर प्राणी एक ही शक्ति द्वारा बनाया गया है।

३) **निर्भयता/निडरता (Fearlessness)** : जिस चीज का डर लगे, उस चीज को कर सकने का साहस करना।

४) **श्रेष्ठता (Excellence)** : किसी एक विषय में निपुण (एक्सपर्ट) बनना।

५) **नेतृत्व गुण (Leadership)** : अपने आस-पास के सभी बच्चों के विकास के लिए प्रयत्न करना।

६) **निर्णय क्षमता (Decision making)** : समय पर निर्णय लेकर काम खत्म करना।

७) **इच्छा शक्ति (Willpower)** : निर्धारित समय पर संकल्प लेकर काम खत्म करना, फिर चाहे उसमें कितनी भी बाधाएँ आएँ।

८) **जानकारी (Information)** ... जिस काम को कर रहे हैं, उस काम से संबंधित हमेशा सारी जानकारी इकट्ठी करना।

९) **उद्देश्य (Aim)** : जीवन में हमेशा लक्ष्य रखकर काम करना।

१०) **परिश्रम (Hard Work)** : मेहनत से कभी भी जी न चुराना।

ये दस गुण बच्चे में कैसे आएँगे? अगर ये गुण अपने बच्चों में विकसित करने हैं तो माता-पिता को ही पहल करनी होगी यानी ये गुण उन्हें पहले अपने अंदर लाने होंगे। माता-पिता को बच्चों के उच्चतम भविष्य के लिए एक आदर्श भूमिका निभानी होगी। उसके बाद ही आप अपने बच्चों को उच्चतम प्रशिक्षण दे सकते हैं, जिससे

बच्चा 'आत्मविश्वासी' बन पाएगा।

आत्मसम्मान से ही आत्मविश्वास निर्माण होता है। बच्चे में अगर आत्मसम्मान बढ़ाना है तो पहले माता-पिता को अपना आत्मसम्मान बढ़ाना होगा। आत्मसम्मान पाने के लिए माता-पिता में जो गुण होने जरूरी हैं, वे इस प्रकार हैं :

१) पहले अपने आपको जैसे हैं, वैसे स्वीकार करें।

२) अपनी कमजोरियाँ पहचानें।

३) अपनी कमजोरियों से न घबराएँ और न कभी कमजोरियाँ छिपाएँ।

४) अपनी कमजोरियों को चुनौती समझकर आगे बढ़ें।

५) जीवन में संयम और लगन अपनाएँ।

ये गुण जो माता-पिता अपनाते हैं, उनके बच्चों का संपूर्ण विकास तेजी से होता है। ये माता-पिता अपने बच्चों से अच्छा रिश्ता कायम कर पाते हैं। ऐसे माता-पिता अच्छी तरह जानते हैं कि बच्चों का जब विकास होता है तब माता-पिता का भी विकास होता है। बच्चों का प्रशिक्षण ही माता-पिता का प्रशिक्षण बन जाता है। वे यह जानते हैं कि हमें बच्चे मिले हैं इसका अर्थ ही है कि हमें बच्चा बनना है। तेज संसारी माता-पिता जानते हैं कि जो बच्चा सीखता है, उससे गलती होना स्वाभाविक है परंतु वे माता-पिता यह भी ध्यान रखते हैं कि बच्चा एक ही गलती बार-बार न करे।

तेज संसारी माता-पिता भविष्य के कार्य की तैयारी वर्तमान में ही सतर्क रहकर करते हैं ताकि भविष्य में होनेवाला कार्य बेहतर हो पाए। वे यह जानते हैं कि बच्चे का भविष्य आनंद से भरना है तो हमारा यह कर्तव्य है कि उसकी तैयारी आज से ही करें।

बच्चे का माता-पिता के साथ समय अनुसार रिश्ता बदलता है :

पाँच साल तक बच्चों से प्रेम करें और जब तक बच्चे १० साल के नहीं हो जाते तब तक उन्हें समय दें। सही समय पर उनकी तारीफ करें और सही समय पर उन्हें सज़ा भी दें। बच्चे जब सोलह साल के हो जाएँ तब उनके साथ मित्रता का रिश्ता बनाएँ।

अगर आपके बच्चों के साथ ऐसी कुछ समस्याएँ हैं, जो नीचे दी गई हैं तो

उनका हल भी आपके पास ही है। समय के साथ यदि आपके बच्चों के बरताव में कुछ फर्क महसूस होता है तो आपको भी अपने बरताव में फर्क लाना होगा। बच्चों को किन चीजों की आवश्यकता है, वे उन्हें देनी होंगी। आपके संदर्भ के लिए यहाँ एक सारणी दी गई है, जो यह स्पष्ट करेगी कि

A अगर आपका बच्चा आपकी बात नहीं सुनता (Disobedience) तो यह देखें कि

१) आप उससे ज्यादा अपेक्षा तो नहीं कर रहे हैं? (Too much expectation)

२) कुछ ऐसी बातें जो वह करना चाहता है, वे बातें करने से आप उसे रोक तो नहीं रहे हैं?

३) वह अपने आपको स्वतंत्र महसूस करना चाहता हो (He wants to check his individuality) जिस वजह से वह अपनी मनमानी करके देखना चाहता हो।

B अगर आपका बच्चा गाली गलौज कर रहा हो (Use of bad language) तो यह जाँच करें

१) जिन लोगों (भाई, पड़ोसी, मित्र, टीचर इत्यादि) के साथ वह रहता है, कहीं वे लोग ऐसी भाषा तो इस्तेमाल नहीं कर रहे हैं। (Adults around them are using bad language).

२) इस बात का अनुकरण वह कहीं अपने चहेते लोगों से तो नहीं सीख रहा है और उन्हें खुश करने के लिए वह यह सब तो नहीं कर रहा है। यह देखें और इस समस्या का इलाज जड़ से निकालें।

C अगर आपका बच्चा लहरी, मूडी है (Moodiness) तो देखें कि

१) कहीं उसे कोई तनाव, निराशा तो नहीं है? (Stress or depression)

२) कहीं उसे आवश्यकता अनुसार नींद नहीं मिल पा रही हो। (Lack of sleep)

३) परीक्षा के कारण वह चिंतित तो नहीं है? (Anxiety due to exams)

४) कहीं स्कूल से झगड़ा करके तो नहीं आया है? (Quarrel with friends)

५) कहीं उसे अपने लक्ष्य का पता ही नहीं है?

D अगर आपका बच्चा चीजें यहाँ-वहाँ फेंकता है (Untidiness) तो ध्यान दें कि

१) एक बार बच्चा चीजें ठीक तरह से रखना सीख जाए तो फिर आप उसे स्वयं ही वह काम करने दें। आप उसका काम करने की कोशिश न करें, उसमें हेर फेर न करें। (Once they are able to do it, never do it for them)

२) उसका स्कूल, घर, मित्र या टीचर बदल गए हों।

E अगर बच्चा कुछ चोरी करता है (Stealing) तो इसका खयाल रखें कि

१) घर का माहौल बहुत सख्त तो नहीं है? (Strict atmosphere)

२) दोस्तों के पास जो चीजें हैं, वे देखकर कहीं बच्चा जलन तो महसूस नहीं कर रहा है? (Envy with others)

३) कहीं वह बुरे लोगों के साथ तो नहीं रह रहा है? (Bad company)

४) वह माता-पिता के प्यार में कमी तो महसूस नहीं कर रहा है? (A feeling of lack of parents' love)

F अगर आपका बच्चा खाना सही ढंग से नहीं खा रहा है (Eating problem) तो देखें कि

१) कहीं उसे प्यार की कमी तो नहीं है? (Lack of love)

२) कहीं वह अपने आपको नापसंद तो नहीं कर रहा है? (He does not like himself)

३) खाना बनानेवाला कहीं लापरवाही से तो खाना नहीं बना रहा है? (He does not like the food given to him)

G अगर आपका बच्चा सुस्त है (Laziness) तो यह समझें कि

१) कहीं उसे सही प्रेरणा नहीं मिल रही हो। (Lack of motivation)

२) जो काम वह कर रहा है, उसमें उसकी रुचि न हो। (Lack of interest)

३) उसका स्वास्थ्य खराब हो। (Health problem)

४) उसका स्कूल, घर, मित्र या टीचर बदल गए हों।

H अगर आपका बच्चा झूठ बोल रहा है (Lying) तो यह परखें कि

१) कहीं वह आपसे मार खाने से डर तो नहीं रहा है? (Fear of beatings)

२) कहीं उसकी जरूरत की चीजें उसे नहीं मिल रही हैं। (Needs not being fulfilled)

३) वह गलत संगत में जाने लगा है। (Bad company)

४) कहीं उसमें झूठ बोलने की आदत तो नहीं पड़ गई है? (Habit of lying)

५) माता-पिता बच्चों से (फोन पर, दरवाजे पर) झूठ तो नहीं बुलवा रहे हैं? (Parents making the child lie)

इन सारी महत्वपूर्ण बातों पर सोचकर आप अपने बच्चे के लिए जरूर खबरदार रह सकते हैं।

आप जैसा चाहते हैं वैसा नहीं बल्कि आपका बच्चा जैसा है, वैसा उसे स्वीकार करें

कई माता-पिता अपने बच्चों पर अपनी अपेक्षाएँ, अपनी महत्त्वाकांक्षाएँ, अपनी आकांक्षाएँ थोप देते हैं। वे बच्चों से कहते हैं कि 'मुझे फलाँ-फलाँ बनना था लेकिन मैं नहीं बन पाया, अब तुझे वह बनकर दिखाना है।' कुछ माता-पिता बच्चों से यह इच्छा रखते हैं कि 'हमारे परिवार में अब तक कोई डॉक्टर नहीं बना है तो तुझे डॉक्टर बनना है।' इस तरह माता-पिता अपनी इच्छाएँ अपने बच्चों पर थोप देते हैं। अपने बच्चे को कोई लक्ष्य बताना अच्छी बात है लेकिन यह देखना भी जरूरी है कि क्या बच्चे का शरीर उसके मुताबिक बना है? क्या बच्चे में जैसा आप चाहते हैं, वैसा बनने की क्षमता है? क्या बच्चे में डॉक्टर बनने के लिए जो प्राथमिक गुण चाहिए, वे उसमें हैं? क्योंकि कई जगहों पर ऐसा होते हुए देखा गया है कि बच्चे में कलाकार के गुण हैं। वह अच्छा कलाकार और क्रिएटिव कलाकार है मगर माता-पिता उसे डॉक्टर बनाना चाहते हैं। अब ऐसा बच्चा जो माता-पिता की इच्छा पूरी करने के लिए डॉक्टर बना है, वह अपने अंदर की स्वाभाविक कला को कैसे निखार सकेगा? जब वह जबरदस्ती डॉक्टर बनेगा तब वह अपने व्यवसाय को कितना न्याय दे पाएगा? कारण उसके अंदर एक कलाकार छिपा बैठा है। इस तरह जो बच्चे बड़े होते हैं, वे अच्छे कलाकार तो नहीं बन पाते मगर एक अच्छा डॉक्टर भी नहीं बन पाते।

कोई भी बच्चा जब बड़ा होगा और अपनी रुचि अनुसार पढ़ाई करके जीवन का लक्ष्य पाएगा तो वह एक अच्छा इंसान बनेगा इसलिए यह भी जरूर ध्यान में रखें कि हम अपने बच्चे को क्या बनाना चाहते हैं? केवल डॉक्टर, इंजीनियर या एक अच्छा इंसान? डॉक्टर, इंजीनियर के गुण अगर आपके बच्चे में हैं तो वह भविष्य में डॉक्टर बनने ही वाला है मगर अच्छा इंसान बनाना है तो कुछ बातें आपको अपने बच्चों में विकसित करनी होंगी। आपका व्यवहार बच्चों के साथ कैसा रहे, आप अपनी कौन सी प्रतिमा बच्चों को दे रहे हैं, इन बातों पर ध्यान रखना होगा।

आप अपने बच्चों के साथ हमेशा ऐसा व्यवहार करें, जैसा आप चाहते हैं कि बच्चे आपके साथ करें। अच्छा व्यवहार सिर्फ बच्चों के साथ ही करना है, ऐसा नहीं बल्कि अपने परिवार में, समाज में, रिश्तों में भी आप अच्छा व्यवहार कर सकते हैं। बच्चे हमारा व्यवहार देखकर किस तरह सीखते हैं, इसे नीचे दिए गए एक उदाहरण से समझें।

एक सुखी परिवार है, जिसमें दादा-दादी, मम्मी-डैडी और उनका एक बेटा है। उनका एक अच्छा मकान है।

एक दिन बच्चा मम्मी-डैडी से कहता है, 'डैडी, देखो मैंने एक बँगले का चित्र बनाया है, ऐसा बँगला मैं बड़ा होकर सबके लिए बनाऊँगा।' मम्मी-डैडी चित्र देखते हैं और बच्चे से पूछते हैं, 'यह क्या है?' बच्चा बताता है, 'यह हॉल है, यह किचन है, यह ड्राईंग रूम है, यह मेरा बेडरूम है।' तब डैडी बच्चे से पूछते हैं, 'और हमारा बेडरूम कहाँ है?' यह सुनकर बच्चा तुरंत जवाब देता है, 'आपके लिए बेडरूम क्यों? आपने इस घर में दादा-दादी के लिए कहाँ बेडरूम बनवाया है? तो मैं आपके लिए क्यों बनवाऊँ?' इसका अर्थ है बच्चा जो देखता है, वही वह सीखता है।

हमारा व्यवहार बच्चे के सामने, बच्चे के साथ कैसा है, इस पर ध्यान देना जरूरी है क्योंकि हमारा व्यवहार देखकर ही बच्चा सीखता है, बड़ा होता है।

बच्चों को सही समय पर, सही मात्रा में,
सही प्रोत्साहन या गलती करने पर,
सही समय पर, सही मात्रा में, सही सज़ा देना,
उनके विकास के लिए बहुत महत्वपूर्ण है।

-सरश्री

> क्रोध से बेहोशी छा जाती है,
> बेहोशी में मान्यताएँ जाग जाती
> हैं, मान्यताओं से अपना स्वभाव
> हम भूल जाते हैं, भूलने की भूल से
> क्रोध शूल बन जाता है।
>
> -सरश्री

बच्चे और क्रोध
बेहोशी में क्रोध न करें

बच्चा जब छोटा होता है तब उसे ध्यान और सुरक्षा की जरूरत होती है। वह ध्यान (अटेंशन) बच्चों को माता-पिता से मिलता है। बचपन में हर एक उसका खयाल रखता है, उसे संभालता है। एक छोटे बच्चे को जब उसे जो चाहिए, वह मिलता है तब अनजाने में उसे लगता है कि 'इस पृथ्वी का वह सबसे महत्वपूर्ण जीव है।' हालाँकि उसे यह नहीं पता कि वह सबसे कमजोर है इसलिए उसका सबसे ज्यादा ध्यान रखा जा रहा है।

इस तरह बच्चा अपनी कमजोरियों को, अपनी श्रेष्ठता समझ लेता है। इसी गलतफहमी में वह अपनी बातें मनवाता है, जो आगे चलकर उसकी जिद बन जाती है। फिर उसकी कोई बात पूरी न की जाए तो उसे क्रोध आने लगता है कि 'मेरी सभी बातें मानी जाती हैं तो यह बात क्यों नहीं?' इस तरह वह अपनी कमजोरी को

अपना विशेष गुण समझ लेता है परंतु उसे यह समझ आ जाए कि जिद करना, क्रोध करना आवश्यक नहीं है। कमजोरी उसकी अवस्था है और उसी कमजोरी के कारण ही उसकी ओर ध्यान दिया जा रहा है, ताकि वह बड़ा हो पाए, ठीक ढंग से उसकी परवरिश हो पाए। जिस क्षण यह बात उसे समझ में आएगी तो वह धन्यवाद देगा।

इंसान के बच्चे को ही ध्यान की ज्यादा आवश्यकता होती है। अगर उस पर ध्यान न दिया जाए तो उसके लिए जिंदा रहना मुमकिन नहीं है। जानवरों को उतना ध्यान की आवश्यकता नहीं होती, वे खुद ही बड़े हो जाते हैं इसलिए उनमें क्रोध, नफरत, घृणा की धारणा नहीं आती है। इंसान के बच्चे में यह धारणा आती है। इस तरह क्रोध की भावना बच्चों में बचपन से ही आ जाती है।

बच्चा धीरे-धीरे यह सीख जाता है कि किस तरह आवश्यक चीजों के लिए क्रोध करना है लेकिन क्रोध के पहले वह रोना सीखता है, भाषा सीखता है, फिर दूसरों को क्रोध करते देखता है कि कैसे वे अपनी बात मनवाते हैं। अपने भाई-बहन, अड़ोस-पड़ोस में जिस भाषा का इस्तेमाल करते हुए सुनता है तो उसे लगता है कि अपनी बात मनवाने का यही एक तरीका है।

◈ माता-पिता के लिए उपाय - बच्चों के साथ सही वार्तालाप होः

बच्चों के क्रोध के लिए उनके माता-पिता भी उतने ही जिम्मेदार होते हैं, जितने कि बच्चे।

बच्चे जब क्रोधित होते हैं तब माता-पिता बच्चों को यह कहकर कि 'तुम क्रोधी हो, गलत कर रहे हो', उनमें हीनता का भाव जगाते हैं। वे यह समझने का प्रयास नहीं करते कि बच्चे इस तरह का व्यवहार क्यों कर रहे हैं। इस पर कभी बच्चों के साथ उनका वार्तालाप नहीं हो पाता है। अकसर घरों में बच्चों की उनके माता-पिता से बातचीत बहुत कम होती है, कभी-कभी होती है या होती ही नहीं है। ऐसे में जो बच्चे अपनी बातें बता नहीं पाते, वे क्रोध द्वारा अपनी भावनाओं को दर्शाते हैं।

कई माता-पिता में यह समझ नहीं होती कि बच्चों की उम्र के साथ उनके प्रति हमें अपना व्यवहार बदलना चाहिए। बच्चा अगर छोटा है तो उससे अलग ढंग से व्यवहार हो। बच्चा जब बड़ा हो जाता है तो उससे अलग ढंग से बातचीत होनी चाहिए।

जैसे-जैसे बच्चे बड़े होते जाएँगे तो उनकी जरूरतें बढ़ती जाएँगी, उनका सीखना बढ़ता जाएगा। उनके मन में बहुत से सवाल उठेंगे, जिनमें से कभी कुछ

सवालों के जवाब नहीं भी मिलेंगे। उनकी कुछ इच्छाएँ पूरी होंगी, कुछ नहीं भी होंगी। बच्चों की जो इच्छाएँ पूरी नहीं होती हैं, उनके कारण उनमें क्रोध जागता है। ऐसी अवस्था बच्चों में तब आती है जब उनकी परवरिश ठीक तरह से न की गई हो। सही अर्थ में क्रोध का अर्थ है वार्तालाप की कमी (Lack of communication) इसलिए माता-पिता अपने बच्चों से सही तरीके से वार्तालाप करने की कला सीखें। यह उपाय बच्चों की सही ढंग से परवरिश के लिए बहुत आवश्यक है।

◈ माता-पिता की सतर्कता : (उपाय)

बच्चों को क्रोध आने पर माता-पिता उन्हें एक समझ दे सकते हैं कि 'तुम्हें क्रोध करने की आवश्यकता नहीं है, बिना क्रोध किए भी तुम्हें वह मिल सकता है, जो तुम चाहते हो।' अपने परिवार में इस तरह का माहौल बनाएँ जिसमें बच्चों को अपनी बात कहने का पूरा अवसर मिले। बच्चे अपनी आवश्यकताएँ सहजता से आपको बता पाएँ। ऐसे में बच्चों के साथ एक मित्रता का संबंध बन सकता है।

हर घर में माता-पिता और बच्चों के बीच हर रोज वार्तालाप होना जरूरी है। इसे भी वे अपने रोज के कामों में, एक आवश्यक काम समझकर शामिल करें। इससे संपूर्ण परिवार को बहुत लाभ होगा। उनके बीच आपसी मतभेद कम होंगे, रिश्ते मजबूत बनकर, एक-दूसरे के साथ मित्रता जैसा व्यवहार होगा।

हर माता-पिता को इस बात पर सतर्क होना है कि बच्चों को क्रोध आने पर कैसे संभालें। दरअसल 'क्रोध' भी बातचीत (communicate) करने का एक तरीका है। क्रोध से इंसान अपनी नाराजगी व्यक्त करता है क्योंकि उसे अपने आपको व्यक्त करने का कोई और तरीका पता नहीं होता। यदि बच्चे को अपने आपको क्रोध के अलावा दूसरे तरीके से व्यक्त करने की कला आ जाए तो उसे लगेगा कि क्रोध करने की अब जरूरत ही नहीं है। इस तरह से काम बहुत आसानी से हो सकते हैं। अगर अपनी बात समझाने की कला सभी को आ जाए तो क्रोध नष्ट हो सकता है। क्रोध इंसान के अंदर दबी हुई इच्छा प्रकट करने की एक भावना है, एक तरीका है।

एक उम्र के बाद, समझ बढ़ने के बावजूद भी इंसान क्रोध करता हो तो उसके लिए वह स्वयं जिम्मेदार है। उसे यह ज्ञात होने के बावजूद भी कि उसकी कुछ कमजोरियों के कारण उसे क्रोध आ रहा है, वह उन कमजोरियों को दूर करने का प्रयास नहीं करता है, सीखने का प्रयास नहीं करता है तब वह क्रोध को बढ़ावा दे

रहा है। ऐसे में वह क्रोध से कभी मुक्त नहीं हो पाएगा।

◈ **होशपूर्वक क्रोध करना : (उपाय)**

माता-पिता अगर बच्चों को उसकी भलाई के लिए मारते हैं और मारते वक्त उन्हें यह याद रहता है कि 'अब मैं बच्चे को मारने जा रहा हूँ' तो यह होश के साथ क्रोध करना हुआ वरना माँ का बच्चे पर हाथ उठ जाने के बाद वह यह कारण दे कि 'मैंने बच्चे की भलाई के लिए उसे मारा' तो यह बेहोशी में क्रोध करना हुआ। उसने अपने क्रोध को कारण देकर बचा लिया। होश के साथ क्रोध किया जा सकता है लेकिन जहाँ आवश्यक हो, केवल वहीं किया जाए। क्रोध एक बीमारी नहीं, एक आवश्यकता है, समय की जरूरत है। उदा. बच्चा अगर आग में हाथ डाले तो वहाँ क्रोध करना जरूरी है। होश में अगर बच्चे को उसकी गलती पर कभी मारने की जरूरत पड़े तो इस बात का खयाल रखें कि उसे कभी भी ऐसे स्थान पर न मारें जिससे बच्चे की हानि हो। उसकी आँख फूट जाए, मस्तिष्क पर चोट लग जाए। कोई नुकीली चीज उठाकर बच्चे को मारें और उसे शरीर के किसी नाजुक हिस्से में तकलीफ हो जाए, ऐसा न हो। कोई माता-पिता यह नहीं चाहेंगे कि उनके बच्चे को तकलीफ हो इसलिए क्रोध करते वक्त होश में रहना, क्रोध के लिए सबसे बड़ी दवाई है।

एक बच्चे में आत्मविकास करने की
बड़ी संभावना होती है। बड़े होकर फिर से बच्चा बनना
आत्मविकास का आखिरी चरण है।

-सरश्री

तेज ज्ञान की एक तीली से सारी मान्यताएँ एक साथ जलाई जा सकती हैं और आज़ादी पाई जा सकती है।

-सरश्री

बच्चों से संबंधित मान्यताएँ

बच्चों का पालन मानकर नहीं, जानकर करें

मान्यता यानी कुछ गलत धारणाएँ और अनुमान। मान्यता का अर्थ कुछ ऐसी बातें, जिन पर मन विश्वास करता है लेकिन वे सच नहीं हैं। वे बातें सच लगती हैं क्योंकि आस-पास के सभी लोग उस बात पर यकीन करते हैं। सभी को उस बात पर यकीन करते देख हम भी वह बात मानने लगते हैं। उदा. किसी ने हमें कह दिया कि बिल्ली रास्ता काटकर जाए या तेरह का अंक अशुभ होता है तो हम भी इस बात को मान लेते हैं और उस विचार को मन में लेकर जीते हैं लेकिन इन मान्यताओं का कोई उचित कारण नहीं है।

किसी लेखक ने तेरह तारीख को हुई दुनिया की सभी बुरी घटनाओं को एक जगह पर इकट्ठा करके लिख डाला, जिससे करोड़ों लोग तेरह तारीख को बुरा मानने लगे लेकिन यही काम हर तारीख के साथ किया जा सकता है क्योंकि हर तारीख को दुनिया में कत्ल, चोरी, दंगे, अपराध हो रहे हैं। इसी तरह हर तारीख में कुछ न

कुछ अच्छा भी हो रहा है। जैसे आविष्कार, विद्यालयों का खुलना, अपराधियों की मौत, किसी संत का जन्म इसलिए यह समझें कि तारीख न बुरी होती है न अच्छी, इसे अच्छा या बुरा बनाते हैं हमारे विचार और गलत मान्यताएँ।

मान्यताएँ बनानेवाले हमारे पूर्वज बुद्धिजीवी थे। उन्होंने समय, वातावरण (ठंढा, गरम) परिस्थिति, आवश्यकताओं को देखकर ये मान्यताएँ बनाईं। ऐसी मान्यताएँ जब बनाई गई थीं तब बिजली का आविष्कार नहीं हुआ था। उस वक्त कुछ बातों का खयाल रखकर 'शाम के वक्त झाड़ू नहीं लगाना चाहिए' या 'शाम को घर का कचरा बाहर ना फेंकें', ऐसी मान्यता बनी लेकिन आज बिजली की वजह से रात बारह बजे भी दिन जैसा वातावरण रहता है। ऐसे दौर में उस मान्यता का कोई कारण नहीं रहा। हाँ कुछ ऐसी मान्यताएँ भी हो सकती हैं, जो आज भी पालन करनेयोग्य हैं लेकिन उन मान्यताओं का पालन होश व समझ से हो, अंधश्रद्धा या डर से न हो।

इसी प्रकार आगे बच्चों से संबंधित पाँच मान्यताएँ दी गई हैं, जिन्हें समझें व होश के साथ उनका पालन करें। किसी कारणवश, किसी दिन निम्नलिखित कार्य न कर पाएँ तो मन में किसी तरह की भी शंका न रखें, अंधश्रद्धा में न जीएँ।

१. **बच्चे को लाँघकर नहीं जाना चाहिए इसके दो कारण हैं :** १) बच्चे बड़े नाजुक होते हैं, वे अपनी पीड़ा को बयान नहीं कर सकते या पीड़ा का स्थान नहीं बता सकते। यदि कंबल में लिपटे बच्चे के हाथ-पाँव पर किसी का पाँव लग जाए तो बच्चे के जान को खतरा हो सकता है। इसके अलावा लाँघनेवाले व्यक्ति के पाँव की धूल बच्चे को हानि पहुँचा सकती है। २) बच्चे को लाँघते वक्त हाथ में उठाई हुई कोई चीज उस पर गिरने की संभावना है।

२. **बच्चे के खाली झूले को झुलाना नहीं चाहिए :** यह मान्यता इसलिए बनी क्योंकि यदि खाली झूले को झुलाया जाता है तो उसे तेजी से घुमाया जा सकता है। उसे अन्य बच्चों द्वारा एक खिलौने की तरह इस्तेमाल किया जा सकता है। इस तरह झूले के जोड़ कमजोर हो सकते हैं जो बच्चे के लिए आगे चलकर हानिकारक सिद्ध हो सकते हैं। इससे बचने के लिए यह मान्यता बनाई गई कि झूले में जब बच्चा हो तभी उसे झुलाना चाहिए।

३. **बच्चे को एक साल तक कंघी नहीं करनी चाहिए :** बच्चे के तालू नाजुक होते हैं और कंघी के दाँत नुकीले होते हैं। इससे बच्चे के तालू को हानि होने की संभावना है इसलिए यह मान्यता बनी।

४. **बच्चे का मुंडन करवाना जरूरी है :** यह मान्यता बनने के पीछे दो कारण हैं १) पुराने बाल निकल जाने के बाद जो नए बाल आते हैं वे ज्यादा मोटे व घने आते हैं। इस तरह बच्चों के बालों का विकास सही होता है। २) मुंडन करने के बाद पूरे सिर में रक्त का प्रवाह तेज होता है और जो कुछ भी गंदगी या मैल अंदर चिपका होता है वह निकल जाता है, जिससे बालक की बुद्धि तीक्ष्ण होती है। ऊपर दी हुई बातों को ध्यान में रखते हुए बच्चे के बाल किसी देवी, देवता को अर्पण करने की प्रथा बनी जिसे मुंडन कहा जाता है।

५. **बच्चे को काला टीका लगाने से नजर नहीं लगती :** जब लोग कोई सुंदर चीज देखते हैं या सुंदर बालक देखते हैं तो मन में ईर्ष्या उत्पन्न होती है (विशेष कर उन लोगों को जिन के पास वैसी चीज नहीं है)। कई बार यह ईर्ष्या द्वेष का रूप ले लेती है। दूसरों के द्वेष से बचने के लिए सुंदर चीज के साथ कोई बदसूरत चीज जोड़ दी जाती है। जैसे खूबसूरत मकान के सामने कोई काली गुड़िया टाँग दी जाती है। इस तरह लोगों का ध्यान खूबसूरती से हट जाता है। इंसान का स्वभाव ही है पहले खामियाँ या गलतियाँ निकालना। काली गुड़िया या काला तिल अथवा काला धागा, जो बच्चे को बाँधा जाता है वह लोगों का ध्यान बाँट देता है। इस तरह की मान्यता बच्चों की सुरक्षा के लिए व दूसरों की ईर्ष्या से बचने के लिए बनाई गई है।

> आप अपने बच्चों को दुनिया में लाने के लिए
> निमित्त बने हैं, वे आपने नहीं बनाएँ हैं इसलिए
> अपने बच्चों को अपने अनुभवों की बैसाखी न दें,
> उन्हें जीवन का सच्चा ज्ञान प्राप्त करने में मदद करें।
>
> –सरश्री

जो समस्या हमें मार ही नहीं डालती, वह हमें और भी मजबूत करती है। जो शंका हमें सोचने को मजबूर करती है, वह हमें समझदार बनाती है।

-सरश्री

शंका समाधान
मार्गदर्शन का लाभ

बच्चों से संबंधित ये सवाल तेजज्ञान फाउण्डेशन में आनेवाले खोजियों द्वारा अपने बच्चों के मार्गदर्शन के लिए तेजगुरु सरश्री से पूछे गए हैं।

प्र.१ : अच्छे माता-पिता को बुरे बच्चे और बुरे माता-पिता को अच्छे बच्चे क्यों मिलते हैं?

उत्तर : आपकी अच्छे माता-पिता की परिभाषा क्या है? अच्छे माता-पिता को बुरे बच्चे कैसे मिलेंगे? यदि माता-पिता अच्छे हैं तो बच्चे बुरे कैसे बनेंगे? अच्छे माता-पिता यानी समझदार माता-पिता, जिन्हें बच्चों की परवरिश का ज्ञान है। अगर पालक समझदार हैं तो बच्चे बुरे नहीं बनते।

आपको माता-पिता में क्या अच्छाई दिखाई दी? क्या यह अच्छाई दिखाई दी कि बच्चों ने जो भी माँगा वह माता-पिता ने उन्हें लाकर दिया। बच्चों ने कहा, 'मुझे यह

चाहिए, वह चाहिए' तो तुरंत उसे लाकर दिया। बच्चा कहता है, 'मैं यह नहीं खाऊँगा, वह खाऊँगा' तो आप कहते हैं, 'ठीक है।' क्या माता-पिता का यह व्यवहार देखकर आपको लगता है कि कितने अच्छे माता-पिता हैं, बच्चे जो कहते हैं, वे वह करते हैं? जबकि इन्हीं बातों ने तो बच्चों को बिगाड़ा है। बच्चों ने जो माँगा वह उसे दे दिया तो वे अच्छे माता-पिता होते हैं, ऐसा नहीं है। इसका अर्थ यह भी नहीं है कि वे माता-पिता अच्छे नहीं हैं जो बच्चों की हर जिद पूरी करते हैं।

अच्छे बच्चे कैसे बनते हैं? यह उनकी परवरिश पर निर्भर है। बच्चों की परवरिश जिस ढंग से होती है, उसमें हर चीज की मात्रा होती है - प्रेम की, प्रोत्साहन की (Appreciation), सही मार्गदर्शन की, शिक्षा (दंड, Punishment) की।

बच्चों को 'सही समय पर सही प्रोत्साहन या गलती करने पर सही समय पर शिक्षा देना बहुत महत्वपूर्ण है (Right time, Right appreciation, Right Punishment)। इसका अर्थ प्रेम, तारीफ या शिक्षा जरूरत से ज्यादा भी न हो और सही समय पर हो। ऐसा न हो कि कुछ हुआ है और आपने बाद में शिक्षा (Punishment) दी। उसका बच्चे के लिए कुछ फायदा नहीं होता है। बच्चे के बिगड़ने के बाद उसे मारना शुरू किया तो क्या फायदा होनेवाला है? सही समय पर, सही मात्रा में अगर उसे सही शिक्षा दी जाती तो फायदा जरूर होता है। नमक जब खाने में डालते हैं तो सही मात्रा में, जितना जरूरी है उतना ही डालते हैं इसलिए सही मात्रा भी जरूरी है।

बच्चों को ऐसी शिक्षा कभी भी न दें, जिससे उनका नुकसान हो। जैसे बच्चे से यह कह दिया कि 'आज तुम्हें दिनभर सिर्फ गणित की ही पढ़ाई करनी है।' ऐसा करने से आपको लगेगा कि यह सही शिक्षा है पर यह सही नहीं है क्योंकि यदि गणित बच्चे को बोरिंग लगता है तो वह कैसे दिनभर गणित की पढ़ाई करेगा, जब पढ़ाई उसे शिक्षा (पनिशमेंट) लगने लगे तो वह जिंदगीभर कैसे पढ़ेगा? वह तो पढ़ाई से नफरत ही करनेवाला है इसलिए बच्चे को सही समय पर, सही मात्रा में, सही शिक्षा देना आवश्यक है। इसी तरह सही समय पर बच्चों को सही प्रोत्साहन भी मिलना चाहिए तो ही बच्चे अच्छे बनते हैं वरना बिगड़ते जाते हैं।

कई बार बाहर से देखनेवालों को लगता है कि कितने अच्छे माता-पिता हैं, बच्चे जो माँगते हैं, वे देते हैं मगर क्या वाकई बच्चों को वही चाहिए था? क्या बच्चे वही चाहते थे? उन्हें आपका समय चाहिए था और आपने सिर्फ चीजें लाकर दीं तो क्या यह अच्छे माता-पिता हैं? बच्चे चाहते हैं कि माता-पिता हमारे साथ कुछ बातें करें, पढ़ाई

में हमारी मदद करें, हमारे साथ ड्रॉइंग करें, क्राफ्ट करें। वे हमारी चर्चा में हमसे बातचीत करें। इस तरह की परवरिश में ही बच्चे अच्छे बन सकते हैं।

हर बच्चा अलग है, हर बच्चे की लव बैंक अलग ढंग से भरती है। अगर माता-पिता ये बातें जान गए कि बच्चा किस तरह का है, वह हमसे क्या चाहता है? हम उससे क्या चाहते हैं? यदि वे बातें, वह सुसंवाद बच्चों के साथ किया जाए तो बच्चे बताएँगे कि वे क्या चाहते हैं। माता-पिता को लगता है कि हमने महँगी चीजें, महँगे तोहफे लाकर दिए तो हमारा काम हो गया मगर बच्चा क्या चाहता है? बच्चा माता-पिता के दो प्यारभरे शब्द, शाबाशी के बोल चाहता है, वह यह सुनने के लिए तरसता है।

पिताजी कहते हैं कि 'मैंने तो अपने बच्चों के लिए सब कुछ किया। उन्हें यह लेकर दिया, वह लेकर दिया, अच्छे स्कूल में पढ़ाई करवाई। उन्हें अच्छी शिक्षा दिलवाई' मगर बच्चा कहता है कि मुझे वह नहीं मिला, जो मैं चाहता था। अगर पिताजी ने बच्चे से बात की होती और उसकी जरूरत समझी होती तो जरूर वह अच्छा बच्चा बन सकता था। जब भी ऐसा सवाल उठता है कि अच्छे माता-पिता को बुरे बच्चे क्यों मिलते हैं? तब इस बात पर जरूर सोचें। पुराने जन्मों के कर्मों में न उलझ जाएँ। अपनी वृत्ति पर ध्यान दें। सदा अपने बारे में जानें कि मेरी वृत्ति (आदत) क्या है? मेरी परवरिश मेरे माता-पिता द्वारा कैसे हुई? उनके जीन्स से मुझे क्या मिला है? और अगर यह प्रवृत्ति मेरे बच्चे में आई है तो उसे अब किस तरह की परवरिश देनी है? ताकि वह उस वृत्ति से, पैटर्न से मुक्त हो जाए।

वे बच्चे बहुत भाग्यशाली कहे जाएँगे जिनके माता-पिता तेज समझ से बच्चों से व्यवहार रखते हैं। जो तेज संसारी हैं उन्हें मालूम है कि बच्चों को डराकर नहीं पढ़ाना है, पढ़ाई उन्हें शिक्षा (सज़ा) न लगे। उनमें यह समझ है कि कैसे बच्चों को ट्रेनिंग दी जाए और बच्चा उनसे क्या चाहता है। अगर वह प्रेम के दो बोल चाहता है तो उसे प्रेम के शब्द दें, तोहफा नहीं। अगर वह तोहफा चाहता है तो आपके शब्द उसके लिए काम नहीं करेंगे। अगर वह चाहता है कि माता-पिता मुझे प्यार से स्पर्श करें तो वहाँ प्यारभरा स्पर्श, बाहों में लेकर थपथपाना जरूरी है।

बच्चों के लिए जब जिस बात की आवश्यकता होती है, वे बातें बच्चों को दी जाएँ तो वे आसानी से विकास करते हैं। कुछ बच्चे समय चाहते हैं तो उन्हें समय देना जरूरी है, बच्चे चाहते हैं कि माता-पिता हमारे साथ रहें, हमारे साथ खेलें, हमसे मस्ती-मजाक करें। अगर ऐसा नहीं हुआ तो वे भी सोचते हैं कि हम भी माता-पिता के साथ ऐसा ही

व्यवहार करेंगे। ऐसे बच्चों की मानसिकता हमें समझनी होगी। अगर यह समझ आई तो अच्छे माता-पिता को अच्छे बच्चे ही मिलनेवाले हैं इसलिए यहाँ यह बताया गया कि अच्छे माता-पिता की सही व्याख्या क्या है।

बुरे माता-पिता की व्याख्या क्या है? और बुरे माता-पिता को अच्छे बच्चे कैसे मिलते हैं? इसे समझें। जिन्हें बुरे माता-पिता मिले हैं, वे बच्चे यह मनन करते हैं कि माता-पिता कैसे नहीं होने चाहिए? वे मनन करते हैं कि 'हमें ऐसा नहीं बनना है।' वे देखते हैं कि माता-पिता इस तरह का व्यवहार पाकर कितने दुःखी हैं इसलिए वे अच्छे बन जाते हैं। बुरे माता-पिता हैं तो ऐसा कभी नहीं समझना कि बच्चे भी बुरे निकलेंगे। कुछ बच्चों में मनन की आदत शुरुआत से ही रहती है और वे औरों से हटकर कुछ कार्य करते हैं। आपको दोनों की परिभाषा अच्छी तरह समझनी है। ऐसा नहीं है कि वे माता-पिता ऐसा करते हैं इसलिए वे बुरे हैं और ये माता-पिता ऐसा करते हैं इसलिए वे अच्छे हैं। हकीकत यह है कि बच्चों की आवश्यकता अनुसार जो माता-पिता व्यवहार करते हैं, उससे बच्चों का विकास होता है।

प्र. २ : क्या दो-ढाई साल के बच्चे का आंतरिक मन (सबकॉन्शियस माईन्ड) काम करता है?

उत्तर : हाँ, बच्चे का अर्धचेतन मन व अचेतन मन हमेशा काम करता है। माँ के गर्भ से ही बच्चा सीख रहा है मगर जैसे माता-पिता सोचते हैं, वैसे यह शब्दों में सीखनेवाली बात नहीं है। जन्म लेते ही बच्चे के चारों तरफ कैसा माहौल है? सुविधा जनक है या नहीं? उसे माँ की गोद मिलती है कि नहीं? छोटी उम्र में बच्चे को माँ की जरूरत ज्यादा होती है क्योंकि जिस गर्भ में वह पल रहा था, उसमें वह अपने आपको ज्यादा सुरक्षित महसूस करता है। बच्चा माँ से थोड़ा समय अलग रहा तो वह चाहता है कि माँ फिर से मिले। माँ नहीं मिलती है तो बच्चा अंदर से डर जाता है यानी उसके आंतरिक मन में घबराहट शुरू होती है इसलिए माँ को हमेशा बच्चे के नजदीक रहना चाहिए। कुछ लोग बच्चों को अनाथ आश्रम में छोड़ देते हैं। ऐसे बच्चों में बहुत उलझनें पैदा होती हैं, बचपन में ही उनका आंतरिक मन कुछ डर पकड़ लेता है। ऐसा डर बच्चा न पकड़े इसलिए माँ हमेशा बच्चे के साथ रहती है। जब भी वह रोए तो वह उपलब्ध होती है, बच्चे को उस समय क्या चाहिए? इस पर ध्यान रखना जरूरी है। बच्चे का मन हर बात रेकॉर्ड करता है। बड़े होकर हर रेकॉर्ड का असर उसके जीवन पर दिखाई देता है।

प्र. ३ : आम आदमी बच्चे को कैसे पालता है, एक तेज संसारी अपने बच्चे को कैसे पालेगा?

उत्तर : बच्चे आपके द्वारा आए हैं, वे जो बन सकते हैं, उन्हें वह बनने का मौका दिया जाए। उन्हें गलतियाँ करने का मौका दिया जाए। हमें हमेशा उन्हें मदद करने के लिए उपस्थित रहना चाहिए। वे आपके लिए तेजप्रेम प्रकट करने के लिए निमित्त बन रहे हैं। आपको उसके लिए तेजप्रेम है तो तेजप्रेम प्रकट करने के लिए कोई मौका भी चाहिए। प्रेम है तो कोई लेनेवाला भी चाहिए, प्रेम लेनेवाला भी महत्वपूर्ण है।

बादल पानी से भर गए तो वे बरसते ही हैं। बच्चे आपको मौका दे रहे हैं, जो तेज संसारी हैं, वे उसे एक मौका करके लेंगे। उनके लिए बच्चा मौका दे रहा है। फिर आपसे ऐसी सेवा होने लगेगी जहाँ पर कोई जिद नहीं होगी। जैसे लोग सोचते हैं कि मैं यह (डॉक्टर इत्यादि) नहीं बन पाया तो मेरा बच्चा वह बन जाए... हमारे घर में कोई डॉक्टर नहीं है तो वह डॉक्टर बन जाए, जिसके लिए माता-पिता कोई कारण ढूँढ़ते हैं। तेज संसारी यह समझ रखता है कि बच्चे को कोई कारणों से नहीं बनाना है, बच्चे को जो बनना है, वह उसे बनने देना है।

बच्चे को जब इस संसार का पूरा खेल समझ में आएगा कि यह सब असल में क्या चल रहा है तब बच्चा परेशान हो सकता है तब उसे सही मार्गदर्शन दिया जाए। बच्चे को जरूरत पड़े तो हमेशा माता-पिता उसके लिए उपस्थित हों क्योंकि बच्चे को जो मिलेगा वही वह दूसरों को देगा। जो बच्चे छड़ी खाकर बड़े होते हैं, चाहे कामयाब भी होते हैं, वे दूसरों को क्या देते हैं? वे भी दूसरों को छड़ी ही देते हैं यानी वे भी दूसरों की पिटाई ही करते हैं।

बच्चे भी आनंद से जी सकते हैं, उनकी संवेदना खत्म न हो जाए। हर चीज को वे जान पाएँ, उनकी सूक्ष्मता बनी रहे, वे कट्टर न बनें। हमेशा खुले रहें, नई चीजों को स्वीकार कर पाएँ, सिकुड़कर न जीएँ, नए-नए पहलुओं से चीजों को देखें - ऐसे मौके माता-पिता को बच्चों के सामने लाने हैं।

प्र. ४ : क्या माता-पिता बच्चों को बचपन से ही सत्वगुणी और सकारात्मक बना सकते हैं?

उत्तर : हाँ, बच्चों को बचपन में ही सत्वगुणी व सकारात्मक बनाना चाहिए। बचपन से ही बच्चों में क्या आदत डाली जाए, जिससे उनका आत्मविश्वास, उनकी संकल्प शक्ति बढ़ाई जा सके? इसका अर्थ बच्चा जो भी काम करने जा रहा है, वह काम कर

पाए। उसे अगर यह आदत पड़ गई कि सुबह जल्दी उठना है तो उठना ही है। जब वह निश्चय करके उसे पूरा करता है कि मैं आज पाँच बजे उठूँगा तो वह उठता ही है। इससे उसका आत्मविश्वास बढ़ता है। इस तरह शरीर के अनुशासन उसे आगे काम में आते हैं। ऐसी आदत बच्चों में डालने के लिए आपको ऐसा उसे करके दिखाना है। उसे सुबह जल्दी उठने की आदत डालनी है तो आपको भी सुबह जल्दी उठना होगा यानी बच्चों के साथ कदम-कदम पर चलना होगा। जो हमने निश्चित किया, वह हमने किया तो यह अनुशासन (Discipline) उसे बड़े होकर काम में आनेवाला है। जिन बच्चों के साथ ऐसा हुआ है, जिन्होंने ऐसे निर्णय लिए हैं, जो निर्णय जोर-जबरदस्ती से नहीं, निश्चय करके लिए हैं तो ऐसे बच्चे जो करना चाहते हैं, वह करके दिखाते हैं। उसकी इच्छा शक्ति (Will power) बढ़ती है यानी वह जो भी निश्चय करेगा वह पूरा करके दिखाता है। यही आदत उसे अज्ञान तोड़ने के लिए भी काम में आती है और वह सकारात्मक बनता है, सत्वगुणी बनता है।

प्र. ५ : बच्चे जब हमारा कहना नहीं मानते तब बहुत गुस्सा आता है और मन काबू में नहीं रहता। बाकी जगह पर मन काबू में रहता है लेकिन जब बच्चे नहीं सुनते तब गुस्सा आता है और मन बेकाबू हो जाता है, क्या करें?

उत्तर : आज तक आपने जब भी गुस्सा किया है तो उसका क्या परिणाम आया है? क्या आपके गुस्सा करने से बच्चे सुधरते हैं? इससे समझें कि बच्चे आपको मौका दे रहे हैं कि आप अपने क्रोध का दर्शन करें। जब वे ऐसा मौका दे रहे हैं तो आये हुए गुस्से का दर्शन करें कि इस वक्त मुझे निश्चित क्या हो रहा है?

जहाँ पर गुस्सा आवश्यक है, वहाँ पर गुस्सा अवश्य करें। इसमें ऐसा नहीं कहा जा रहा है कि क्रोध नहीं करना है, गुस्सा न करने का परिणाम अच्छा आएगा मगर गुस्सा बेकाबू भी न हो जाए। हमें गुस्से की अति (एक्ट्रीम) में नहीं जाना है। कुछ लोग बच्चे पर गुस्सा करते हैं तो वे उनके सिर पर ही बैठते हैं या फिर बच्चों से बिलकुल ही बात नहीं करते हैं। आपको ऐसा न करते हुए समता में रहना है। कुछ लोग दिनभर बच्चों पर गुस्सा करते रहते हैं। फिर बच्चों को भी लगने लगता है कि 'मम्मी-डैडी तो हमेशा गुस्सा करते रहते हैं तो उन्हें कुछ फर्क नहीं पड़ता इसलिए आपको बच्चों पर गुस्सा करना ही है तो एक दो बार करें मगर अच्छे ढंग से करें ताकि बच्चों पर उस गुस्से का सही असर हो। मन में निश्चय करके फिर दिन में एकाध बार गुस्सा कर सकते हैं। अगर जरूरत है तो दिन में एकाध बार मार सकते हैं मगर बच्चे को जब मारना है तब अपने आपसे पूछें,

'मैं बच्चे को मारने-पीटने जा रहा हूँ पर मारने-पीटने से पहले क्या मैंने बाकी प्रयोग किए हैं कि नहीं? प्यार से समझाकर देखा है कि नहीं?' क्योंकि प्यार से समझाने के लिए आपको सोचना पड़ेगा। सोचने से बचने के लिए यानी बेहोशी में इंसान झट से गुस्सा कर लेता है। जब आप यह सोचेंगे तो आपका होश बढ़ेगा, होश बढ़ेगा तो पीटने से पहले अपने आपसे पूछेंगे कि 'क्या थप्पड़ मारने से पहले मैं सजग था? क्या मार आवश्यक है?' इसके अलावा कोई इलाज नहीं है तो थप्पड़ मारें। अगर आपने बच्चे को समझ के साथ थप्पड़ मारी तो कोई दिक्कत नहीं है। बच्चे की अगर इसमें भलाई है, थप्पड़ मारने से बच्चा अनुशासन में रहने लगता है तो यह जरूरी है। बड़ा होकर वह कहेगा, 'अच्छा हुआ सही वक्त पर आपने मारा, अगर सही वक्त पर नहीं मारते तो उम्रभर मारते रहते।' बच्चों को उम्रभर मारने के बजाय एक ही थप्पड़ सही वक्त पर मारी तो वह असर करती है। सही समय पर बच्चों को शाबाशी मिलती है तो वह बच्चा विकास करता है। हम सही वक्त पर सही काम नहीं करते इसलिए बाद में हमें बच्चों को पीटने की जरूरत पड़ती है। हर माता-पिता यह बात जान लें, अपनी चेतना का स्तर बढ़ाएँ। सबसे मूल बात यह है कि सही निर्णय तब होते हैं, जब हमारी चेतना का स्तर बढ़ जाता है। फिर हमें ही जवाब आने लगते हैं कि सही क्या है और गलत क्या है?

प्र. ६ : क्या बच्चों के बारे में सोचना, उनकी फिक्र करना, उन्हें गुस्सा करके समझाना हमें सत्य से दूर लेकर जाएगा?

उत्तर : बच्चों के बारे में सोचें और बच्चे ही बन जाएँ। जब भी आप बच्चे पर गुस्सा करते हैं तब मन में यह सोचते हैं कि यह गुस्सा करना जरूरी था लेकिन अपने आपसे यह जरूर पूछें कि 'मैंने यह बात गुस्सा करने के बाद सोची या गुस्सा करने से पहले सोची?' अगर पहले सोची है तो ठीक है और बाद में सोची है तो वह गलत है। यदि गुस्से में बच्चों को डाँटने-फटकारने के बाद आपको लगता है कि 'यह गुस्सा करना तो जरूरी था इसलिए हमने गुस्सा किया' तो यह बात आपके अहंकार को और मोटा करेगी। अगर यह पहले ही आपको पता है कि बच्चा बिना गुस्सा किए नहीं समझेगा तो उस पर गुस्सा करें, इतना जोरदार (सही मात्रा में, सही समय पर) करें कि वापस न करना पड़े। आपकी भावना शुद्ध है तो आप गुस्सा कर सकते हैं मगर कहीं ऐसा तो नहीं कि आप अपना होमवर्क नहीं कर रहे हैं? आपका होमवर्क यानी क्या आप अपने बच्चों को जितना समय देना चाहिए उतना दे रहे हैं? उनके साथ जो बातचीत करनी चाहिए, वह कर रहे हैं? क्या आप कभी अपने बच्चों से पूछते हैं कि 'कुछ कारण से हम आप पर गुस्सा करते हैं तो यह आपको कैसा लगता है? यह सही है या नहीं?' यह बच्चे से पूछेंगे तो ऐसे हो सकता

है कि बच्चा आपको ऐसे जवाब दे कि आपको ही यह सोचकर आश्चर्य होगा कि बच्चा हमारे बारे में इतना कुछ सोचता है और हमें पता ही नहीं था।

बच्चे के अंदर कौन से भाव हैं, यह हमें पता ही नहीं है। जब वह कुछ गलत कर रहा है तभी माता-पिता उसे सज़ा देते हैं वरना कुछ करते ही नहीं। जबकि होना यह चाहिए उसे अकेले छोड़ने पर जब वह कुछ गलती नहीं कर रहा है तब भी उसे कहानी द्वारा, उदाहरण द्वारा समझाया जा सकता है। कहानी में जो बच्चा गलती करता है, उसका कैसे नुकसान होता है, यह उसे बता सकते हैं। अगर यह होमवर्क माता-पिता करें कि बच्चे में कौन से अवगुण हैं तो वे उसे वैसी कहानी बताएँ। यदि वैसी कहानी नहीं है तो कहानी बन भी सकती है। इस तरह समझाकर फिर उनसे सवाल पूछे जाएँ तो वे खुद बताएँगे कि 'डाँटना जरूरी है।' बच्चे को समझें और उसके हिसाब से उसे समझाएँ। फिर वह भी समझेगा कि आप उसके हितचिंतक हैं। इस तरह दोनों तरफ से बच्चे और माता-पिता में जब एक ही प्लेटफॉर्म तैयार होगा तो वहाँ कुछ भी गलत चीज नहीं होगी। इसका खयाल अवश्य रखें कि बच्चे को मारने से उसके अंदर डर और स्वयं के लिए हीनता की भावना न पैदा हो जाए।

प्र. ७ : जब भी मेरे बच्चे मेरे कहे अनुसार व्यवहार नहीं करते या पढ़ाई नहीं करते तो मुझे तनाव आता है और मैं उन पर चिल्लाती हूँ। इसे नियंत्रित करने का क्या तरीका है?

उत्तर : पहले अपने आपसे यह पूछें कि बच्चों पर आज तक चिल्लाकर क्या फायदे हुए हैं? अगर आपके चिल्लाने से बच्चे सुधर रहे हैं, उन्हें कुछ फायदा हो रहा है तो आप जरूर चिल्लाएँ। बच्चों के लिए तो यह करना ही है। अगर आप देख रहे हैं कि चिल्लाकर उलटा बच्चे संवेदनशून्य (डीसेंसिटाईज़) हो रहे हैं, आपकी आवाज के साथ डीसेंसिटाईज़ हो रहे हैं यानी उन्हें कुछ फर्क ही नहीं पड़ता है, (बच्चों को लगता है कि आप चिल्लाते ही रहते हैं, यह आपकी आदत है) तो बच्चों पर आपके चिल्लाने का असर कम होता जाता है।

इस तरह आप अपना भी नुकसान कर रहे हैं और अपने बच्चों का भी नुकसान कर रहे हैं। पहले एक समझ यह हो कि हम क्यों चिल्ला रहे हैं? हम चिल्लाते हैं क्योंकि हमें उससे कोई परिणाम चाहिए, कृपा चाहिए। यदि हमें बच्चों द्वारा अच्छा प्रतिसाद चाहिए तो वह कैसे मिलेगा? इस पर मनन करें। वह क्या चिल्लाने से मिलेगा, बच्चों को गलत साबित करने से मिलेगा या कोई और तरीका इस्तेमाल करने से मिलेगा? क्या कोई और

प्रयोग करना चाहिए? बहुत सारे नए प्रयोग हो सकते हैं। आपको समझ बढ़ाने का कार्य करना है। समझ कैसे बढ़े, इस पर थोड़ा मनन करें।

यदि आपका सवाल है कि हम अपने चिल्लाने पर नियंत्रण कैसे लाएँ? उस वक्त बच्चों पर नियंत्रण लानेवाली बात नहीं है। लोग हमेशा यह सवाल पूछते हैं कि मुझे क्रोध आए तो मैं क्या करूँ? तब उन्हें कहा जाता है, उस वक्त कुछ न करें। जो कुछ करना पड़ता है, वह क्रोध आने के बहुत पहले करना पड़ता है। उसकी तैयारी बहुत पहले से ही करनी पड़ती है। प्यास लगी है और तब कोई सवाल पूछे कि 'मैं कुआँ खोदूँ क्या?' तब उन्हें कहा जाएगा अब ऐसे सवाल नहीं पूछने हैं। प्यास लगने के बहुत पहले ही कुआँ खोदना पड़ता है। अगर आपको लगता है कि आपके अंदर क्रोध बार-बार आता है तो आपको उसकी तैयारी बहुत पहले से ही करनी है। क्रोध आने पर तो उस वक्त बुद्धि भी साथ नहीं देती, कुछ सूझता ही नहीं। उस वक्त तो सिर्फ शब्द निकलते ही जाते हैं, होश ही नहीं रहता है।

इसलिए यह कहा गया है कि जब आपमें क्रोध नहीं जागा है तब से काम शुरू करें। छोटे-छोटे प्रयोग करते रहने हैं। जब उनमें सफल हो जाएँगे तब बड़े प्रयोग में भी सफल हो पाएँगे। अपने आपसे बहुत पहले ही सवाल पूछें कि 'क्रोध आ रहा है यानी मेरी कौन सी इच्छाएँ हैं, जिनकी वजह से मुझे क्रोध आ रहा है? मेरी कौन सी इच्छाओं में बाधाएँ आ रही हैं?' इंसान में क्रोध आने का एक कारण यह भी है कि उसकी कोई इच्छा पूरी नहीं होती तब उसे क्रोध आता है। बच्चों को पढ़ाई करनी चाहिए...पहला नंबर आना चाहिए...यह हर माता-पिता चाहते हैं मगर यह कैसे संभव है? स्कूल में सभी बच्चे पहला नंबर कैसे आएँगे? हमारी इच्छा क्या है? हम बच्चों को एक ही लाईन पर क्यों लेकर जाना चाहते हैं? इन सवालों पर पहले थोड़ा सा मनन करें। समझदारी रखनी होगी कि जब क्रोध आएगा उस वक्त मैं क्या करूँगी? यानी यह ध्यान, मनन और अपनी पूछताछ बहुत पहले से ही हो।

अगर यह ध्यान एक अच्छे वातावरण में, जब क्रोध नहीं है तब से चल रहा है तो आपसे उम्मीद की जा सकती है कि जब आपको क्रोध आया है तब आपको वह ध्यान याद आए। अगर आप अच्छे वातावरण में ही यह नहीं कर पा रहे हैं तो क्रोध की घटना में कैसे कर पाएँगे? जब सब कुछ अच्छा चल रहा है तभी से प्रैक्टिस शुरू करनी है। जब लगे कि सब अच्छा चल रहा है तब समझें कि अब ध्यान की आवश्यकता है। लोग सोचते हैं कि जब सब बुरा चल रहा है तभी ध्यान करना चाहिए तो यह उलटा हो जाता है। जब सब अच्छा चल रहा है तब काम होना चाहिए। जब भी ऐसा मौका आए कि

आप शांत हों तब अपनी पूछताछ ईमानदारी के साथ करें कि 'आप कौन हैं?' और उस वक्त जो भी विचार चल रहे हैं, वे किसे आ रहे हैं? कहाँ से उत्पन्न हो रहे हैं? ये विचार किस चीज की खबर दे रहे हैं? इस पर मनन करें। यदि यह मनन चलता रहेगा तो क्रोध के वक्त भी संभावना है कि आपको याद आये 'आप कौन हैं?' फिर क्रोध आपके लिए निमित्त बन जाएगा। बाद में आप क्रोध को धन्यवाद देंगे कि 'अच्छा है क्रोध आता है इसलिए मैंने स्वयं के बारे में जाना, क्रोध पर इतना सारा काम किया।' क्रोध शक्ति है, शक्ति को इस्तेमाल करना सीखें।

प्र. ८ : ३-४ साल के बच्चों को प्रशिक्षण किस तरीके से दें ?

उत्तर : बच्चों को सिखाने के दो तरीके हैं :

पहला तरीका : दाहिने मस्तिष्क से सिखाएँ

छोटे बच्चे बहुत सी बातें जो हम उन्हें समझाना चाहते हैं, सीधे नहीं समझ पाते। ऐसे में बड़ों का बच्चों को सिखाने का तरीका बहुत ही आसान होना चाहिए। बच्चे मस्तिष्क के दाहिने (राईट ब्रेन) हिस्से से जल्दी सीखते हैं, उन्हें वैसे सिखाया जाए। उन्हें ज्यादा से ज्यादा कहानियाँ सुनाकर, रंग और चित्र इस्तेमाल करके सिखाया जाए। बच्चे जब कुछ नया बता रहे होते हैं, दिखा रहे होते हैं या सही कार्य कर रहे होते हैं, उस वक्त उन पर ध्यान दें, उनकी भरपूर प्रशंसा करके उन्हें प्रोत्साहन दें, शाबाशी दें। आपका ध्यान देना बच्चे को सीधे यह सिखाता है कि आगे उसे उसी तरह के कार्य करते रहने चाहिए, जो उनके विकास के लिए सही है।

दूसरा तरीका : प्रदर्शन करके सिखायें

बच्चे को सिखाने का दूसरा तरीका है कि आप बच्चों को जो सिखाना चाहते हैं, वह उनके सामने प्रदर्शन (डेमोन्स्ट्रेशन) करके दिखाएँ। जो व्यवहार आप बच्चों में लाना चाहते हैं, वैसा व्यवहार आप स्वयं उनके साथ करें। आपकी बातचीत वैसी ही हो, जैसे आप बच्चों से अपेक्षा करते हैं। बच्चे आपके संपर्क में रहते हैं, वे लगातार आप पर गौर करते हैं। जब आप उन्हें कुछ बताते हैं तो आप कितने भावुक (इमोशनल) होते हैं ... किस घटना में आपकी भाव दशा क्रोध व्यक्त करती है या आनंद व्यक्त करती है, यह बच्चा आपसे सीख रहा होता है। किसी साधारण सी बात पर भी आप कितने भावुक होते हैं, उस भावना से जब आप जुड़ जाते हैं तब आप कैसे बात करते हैं, यह बच्चा देखता है। यदि कोई बात आप बिना भावुक होकर बता रहे होते हैं तो वह उसे भी गौर करता

है। उदा. किसी ने कुछ किया और आपने चिल्लाकर कहा कि 'ऐसा क्यों किया?' तो उसके पीछे आपकी क्रोध की भावना व्यक्त होती है और वही पंक्ति अगर आप शांत मन से इस तरह कहते कि 'बेटे, आपने इस तरह क्यों किया?' तो उसमें शांत व सहजता की भावना व्यक्त होती है।

आपने बच्चे को सहजता से बिना इमोशन, हकीकत बताई तो बच्चा और अच्छे ढंग से समझ पाता है।

इस तरह अगर बच्चे दिनभर आपको बिना भावुक होते हुए बात करते देखते हैं तो यह उनके लिए बहुत बड़ी ट्रेनिंग है। वरना एक टीचर बच्चे को डाँट-फटकारकर पढ़ा रही होती है तो बच्चा भी ठीक वैसे ही करता है। वह भी टीचर के अंदाज में अपने मित्र के साथ झगड़ा करता है। जितनी जोर से टीचर बात करती है, वह भी उतनी ही जोर से चिल्लाकर बात करता है इसलिए बच्चों के सामने अपनी भावना पर ध्यान रखें। किसी भी बात को बच्चों के सामने प्रस्तुत करने से पहले अपने आप पर नियंत्रण रखें।

जैसे एक बच्चा स्कूल से खुशी-खुशी घर आकर माँ को बताता है कि 'आज स्कूल में ऐसा हुआ ... ऐसी घटना हुई ... एक लड़के ने ऐसा किया था ... वैसा किया था।' तब माँ तुरंत बच्चे को चिल्लाकर कहती है, 'फिर तुमने ऐसा क्यों नहीं कहा? ... तुम्हें ऐसे करना चाहिए था ... वैसे करना चाहिए था।' माँ की यह प्रतिक्रिया देखकर बच्चा इतना डर जाता है कि उसे लगता है, माँ को अचानक क्या हो गया, वह इतनी भावुक क्यों हो गई? फिर वह जिंदगी में कभी घर में कोई बात आकर नहीं बताता। उसे शंका आती है कि 'मैं कुछ कहूँगा तो पता नहीं माँ-पिताजी की प्रतिक्रिया मेरे लिए क्या होगी? उनकी कौन सी भावना जग जाएगी? पता नहीं वे किस तरह डाँटेंगे? किस तरह की प्रतिक्रिया करेंगे?' इस डर से बच्चा घर में कभी कुछ बता नहीं पाता और जीवन में भी सदा बंद-बंद रहता है।

यदि आपने बच्चे को इस तरह समझाया होता कि 'अच्छा बेटा आप वहाँ थे तो आप यह कह सकते थे ... आप यह कर सकते थे' तो आपने माँ की सही भूमिका निभाई। आपका जवाब सुनकर बच्चे को हकीकत समझती है क्योंकि उसने आपके केवल सीधे व शांत शब्दों पर गौर किया। वरना वह यदि यह सुने कि उसे ऐसा करना चाहिए था, वैसा करना चाहिए था तो वह डर जाता है कि आगे हम घर में सच बताएँ कि नहीं या कैसे बताएँ? फिर वे कुछ बताना ही बंद कर देते हैं। बच्चों का न बताना भी बहुत बड़ा नुकसान है, यह वे नहीं जानते। बच्चे सिर्फ उस वक्त की सज़ा (पनिशमेंट)

या उस वक्त की भावना, जो माता-पिता के द्वारा वे देखना या सुनना नहीं चाहते, बचने के लिए झूठ बताते हैं या बताते ही नहीं।

इसी से संबंधित एक खोजी की विचार सेवा से समझें कि किस तरह घर में कुछ बताने के बाद घरवालों की प्रतिक्रिया का परिणाम होता है। उस खोजी ने किसी के साथ घटी घटना के बारे में घरवालों के सामने जिक्र किया तो उसके बाद माँ ने उस घटना को लेकर उसे काफी तकलीफ दी। जबकि वह घटना तो उसके साथ हुई भी नहीं थी, किसी और के साथ हुई थी मगर सिर्फ वह बताने के बाद उससे इतने सवाल पूछे गए, उसे इतना परेशान किया गया कि उसके बाद उसने स्कूल से लेकर कॉलेज तक, एक भी बात घर में बताई नहीं, यह उसका सबसे बड़ा नुकसान हुआ।

इसके बावजूद दूसरा नुकसान यह हुआ कि जीवन में वह कभी किसी को कुछ बताने लायक नहीं रहा। उसे अपनी बातें अंदर ही अंदर दबाकर रखने की आदत पड़ गई, वह किसी को भी कुछ भी बता नहीं पाता। आगे जब वह टी.जी.एफ. में आया तो उसे पहली बार लिखित में विचार सेवा देने का मौका मिला। उसी से फिर उसके खुलने की शुरुआत हुई।

बाहर के जगत में ऐसे बहुत बच्चे हैं, जो अंदर ही अंदर दबे रहते हैं, किसी के सामने खुल नहीं पाते। जिससे उस बच्चे का बहुत बड़ा नुकसान होता है। इसलिए माता-पिता और टीचर यह सोचें कि बच्चों के सामने किस तरीके से व्यवहार करें। हालाँकि उस वक्त आपको गुस्सा आया हो या गुस्से की भावना आ रही हो, फिर भी आप शांत व सहज शब्द व्यक्त कर पाएँ तो यह उस बच्चे के लिए बहुत बड़ी सीख, उपहार और मदद होगी।

यह सदा याद रखें कि बच्चा आपको देखकर सीखता है इसलिए आप खुद जागृत, सजग हो जाएँ कि आप क्या कर रहे हैं और बच्चा आपके व्यवहार से क्या सीख रहा है? इसे नीचे दिए गए उदाहरणों से समझें :

१) जब आप ऑफिस से आते हैं तो खुद तानपुरा बजाते हैं और बच्चे को कहते हैं कि 'होमवर्क करो' तो आपके इस बरताव से वह कैसे सीखेगा? अगर आप चाहते हैं कि आपका बच्चा पढ़ाई करे तो आपको भी अभ्यास से संबंधित काम लेकर उसके साथ बैठना पड़ेगा ताकि वह देखे कि पिताजी भी बैठे हैं, माँ भी बैठी है। जब वह देखेगा कि माँ और पिताजी दोनों कुछ कर रहे हैं तो वह भी पढ़ाई करने लगेगा। ऐसा न सोचें कि आप ऑफिस जाकर आए हैं तो आपको आराम

से बैठने की छूट है। जब आप ऐसा सोचते हैं तो बच्चा भी कहेगा, 'मैं भी तो स्कूल से जाकर आया हूँ, मुझे ही क्यों आराम करने से रोका जा रहा है, मुझे तुरंत क्यों होमवर्क करने के लिए परेशान करते हो?' इसलिए माता-पिता जो बच्चे से करवाना चाहते हैं, वह उन्हें बच्चे को खुद करके दिखाना होगा।

२) माता-पिता बच्चे को 'तू' कहेंगे और बच्चे को कहा जाएगा कि माता-पिता को 'आप' कहा जाए तो बच्चा तू और आप के बीच दुविधा में पड़ता है। उसे ये बातें सीखने में बहुत समय लगता है। कभी पिताजी ने यह देखा कि बच्चे ने सिगरेट पी तो पिताजी बच्चे को बहुत डाँटते और पीटते हैं। बाद में पिताजी को बहुत टेन्शन आता है तो वे खुद ही सिगरेट निकालकर पीने लगते हैं। यह देखकर बच्चे को बहुत आश्चर्य होता है कि पिताजी यह क्या कर रहे हैं? जिस बात के लिए मुझे मारा, वही बात वे खुद कर रहे हैं।

३) कई बार ऐसा भी होता है कि जब बड़ा भाई छोटे भाई को पीटता है तो पिताजी बड़े भाई को मारते हैं, यह कहते हुए कि 'छोटे पर हाथ नहीं उठाना चाहिए, वह तुमसे कमजोर है तो उसका फायदा न ले।' उस वक्त बड़े भाई को लगता है कि पिताजी भी तो मुझे मार रहे हैं, मैं भी तो उनसे छोटा हूँ। हालाँकि उसे दोनों के पीटने में फर्क नहीं समझता। इसी तरह पिताजी खुद चिल्लाते हैं और बच्चे को कहते हैं कि 'चिल्लाओ मत' तो उस वक्त बेटे को आश्चर्य होता है कि पिताजी खुद तो चिल्ला रहे हैं मगर उसे शांति से बात करने के लिए कहते हैं।

४) अगर आप हर छोटी बात पर उसे धन्यवाद कहेंगे तो बच्चा भी आपका आदर करना सीखेगा। जैसे उसने आपके लिए पानी लाया और आपने उसे धन्यवाद कहा तो उसे बहुत अच्छा लगता है कि अरे इतनी छोटी सी बात के लिए भी पिताजी धन्यवाद कह रहे हैं। फिर बच्चे के लिए भी किसी ने कुछ काम किया तो वह भी धन्यवाद कहना जल्दी सीखता है। उदा. माँ ने उसका टिफीन भरकर दिया, उसकी स्कूल बैग तैयार की तो वह माँ को धन्यवाद देता है। उसे यह एहसास होता है कि मेरे लिए किसी ने इतना कुछ किया, मेरी सेवा की वरना लोगों को धन्यवाद देना भी नहीं आता। जब आप अपने बच्चे के सामने यह करते हैं तो बच्चे में भी वही आदत उतरेगी। यदि आपने बच्चे को ऐसा कहा होता कि 'पानी पिलाना तुम्हारा कर्तव्य था, तुम्हें मुझे पानी पिलाना चाहिए' तो बच्चे को यह बात नहीं समझती। जब आप उसे धन्यवाद कहेंगे तो बच्चे को अच्छा

लगेगा। फिर अगली बार जब आप बच्चे को पानी लाने के लिए कहेंगे तो वह खुशी से, दौड़कर आपके लिए पानी लाएगा।

इस तरह माता-पिता अपने बच्चों को हर बात पर धन्यवाद दे पाएँ। आप पर जो कृपाएँ हुई हैं, वे आप महसूस कर पाएँ। कोई आपके लिए काम कर रहा है तो आप उस काम की तारीफ कर पाएँ, उसका शुक्रिया अदा कर पाएँ। अगर आपको बच्चों में बचपन से ही यह आदत डालनी है तो आपको हर बार उन्हें धन्यवाद कहना पड़ेगा। बच्चे ने कोई बड़ा काम न किया हो, सिर्फ एक छोटा सा काम किया हो तो भी जब आप बच्चे को धन्यवाद कहते हैं तब बच्चे को अच्छा लगता है। 'मैंने कुछ किया, जिसके लिए मुझे धन्यवाद दिया गया।' ऐसी खुशी की भावना उसके अंदर जागृत होती है।

५) बच्चे से बात करते वक्त भी आप उन शब्दों का प्रयोग करें, जिससे बच्चे को बहुत अच्छा लगे। जब बच्चे को हर बात के लिए दोष दिया जाता है, हर बार उसे यह कहकर कोसा जाता है कि 'तुमने ऐसा किया, तुमने वैसा किया' तो उसमें अपराध बोध की भावना आती है। फिर वह एक ही गलती बार-बार दोहराता है इसलिए बच्चे से बात करते वक्त आदर युक्त शब्दों का प्रयोग करें। ऐसा न सोचें कि बच्चा आपको आदर दे और आप उसे ऑर्डर देते रहें। आपको उससे आदर के साथ बात करनी है ताकि वह भी आपसे और बाकी लोगों से आदर से बात करना सीखे। यदि आपकी जुबान पर 'धन्यवाद' या 'मुझे माफ करें (sorry)' जैसे शब्द कभी नहीं आये तो बच्चा भी ऐसे शब्द कभी नहीं सीख पाएगा। फिर वह बड़ा होकर ऐसे शब्द बोल ही नहीं पाता है।

६) यदि बच्चे ने बड़ों को आदर देना नहीं सीखा तो किसी के सामने झुकना या किसी के पाँव पड़ना उसे बड़ी सज़ा लगती है क्योंकि बचपन से उसे वैसी आदत नहीं डाली गयी। जब बच्चा माता-पिता को देखता है कि वे अपने माता-पिता के पाँव पड़ते हैं तो वह भी जल्दी बड़ों के पाँव पड़ना सीख जाता है। माता-पिता यदि बड़ों को आदर नहीं देंगे तो बच्चा भी वही देखेगा, वही क्रिया करेगा। बाद में माता-पिता सोचते हैं कि बच्चा हमारा आदर क्यों नहीं करता? हालाँकि ये सभी बातें आपको छोटी लगती हों मगर ये आप अपने बच्चे को करके दिखाएँ।

७) अगर आप बच्चे को जल्दी उठकर दिखाएँगे तो बच्चा भी जल्दी उठेगा।

८) अगर आपने खुद पर नियंत्रण रखते हुए टी.वी. का प्रोग्राम खत्म होने के बाद टी.वी. बंद की तो बच्चा भी टी.वी. समय पर बंद करना सीखेगा। अगर आप

आत्मनियंत्रण दिखाएँगे तो ही बच्चे में वह बात आएगी। अगर आप कहेंगे कि 'थोड़ा यह भी करें, थोड़ा वह भी करें, हमें क्यों छूट नहीं हो सकती?' तो बच्चा भी उसी तरह से बरताव करेगा इसलिए माता-पिता को खुद के बरताव से ही बच्चे को सिखाना पड़ेगा। अगर आप खुद पर नियंत्रण नहीं रख सकते हैं तो टी. वी. की केबल निकाल सकते हैं। जो अच्छी बातें आप अपने बच्चे में लाना चाहते हैं, वे बातें आपको खुद में लानी ही होंगी। हो सकता है कि यह आपके लिए कष्टदायक हो मगर आपके बच्चे की अच्छी परवरिश के लिए, ट्रेनिंग के लिए आपको यह करना पड़ेगा।

आप कहेंगे, 'हमें अब क्या जरूरत है? जब हम विद्यार्थी थे तब हमने यह सब किया है' मगर बच्चे यह नहीं समझते कि आप जब विद्यार्थी थे तब आपने क्या किया है। वे माता-पिता से चाहते हैं कि 'अब हमारे सामने करो, अगर यह काम करना तुम्हारे लिए मुश्किल है तो हमारे लिए भी मुश्किल है।' इसलिए आपको अपने बच्चे के विकास के लिए कुछ बातें करके दिखानी होंगी। जब आप अपने प्रिय कार्य (छंद, हॉबी) पर कुछ काम करेंगे तब बच्चे भी अपनी हॉबी पर काम करना चाहेंगे। अगर आप चाहते हैं कि बच्चे पढ़ाई करें तो आपको भी उनके साथ बैठना होगा, उनके साथ पठन करना होगा। यदि आप चाहते हैं कि बचपन से ही बच्चे व्यायाम करें तो आपको भी उनके साथ व्यायाम, प्राणायाम करना पड़ेगा। जब बच्चे माता-पिता को ये बातें करते हुए देखेंगे तो वे भी करने लगेंगे, उनके लिए ये बातें करना आसान हो जाएगा।

बच्चों को वस्तु न समझें बल्कि एक जीवित चैतन्य समझें,
जो हर प्राणी के अंदर है, जिसे हम ईश्वर कहते हैं।

-सरश्री

माता-पिता यदि बच्चों की गलतियाँ माफ नहीं कर पाए तो बच्चा अपराध बोध के साथ बड़ा होता है। बच्चे को अगर बेशर्त प्रेम और समय दिया गया तो वह भी बड़ा होकर दूसरों को बेशर्त प्रेम दे पाएगा। इस तरह जीवन का एक बहुत महत्वपूर्ण सबक वह आपसे सीख पाएगा।

३ अंतिम महत्वपूर्ण सुझाव

१. बच्चों के जीवन में शिक्षक का महत्त्व

२. ध्यान और प्रार्थना का महत्त्व

३. तेज संसारी माता-पिता का महत्त्व

बच्चे अपनी कल्पना के द्वारा विकास करते हैं। हमें उनकी कल्पना को रोकना नहीं है और उन्हें हानि होने से बचाना भी है।

-सरश्री

बच्चों के विकास में शिक्षक का महत्त्व

एक पवित्र कार्य

माता-पिता बच्चे के पहले टीचर हैं और टीचर बच्चे के दूसरे माता-पिता हैं। जिन विषयों में बच्चे कमजोर हैं, उन विषयों के प्रति बच्चों के मन में रुचि उत्पन्न करना टीचर का पहला कर्तव्य है। उस विषय को किसी खेल के साथ जोड़कर टीचर बच्चों को सृजनात्मक (क्रियेटिव) तरीके से सिखा सकते हैं। यह कला अगर हर टीचर सीख पाते हैं या वे स्वयं पहले यह अभ्यास करते हैं कि बच्चों को किस ढंग से पढ़ाना है तो बच्चों के लिए हर विषय रुचिपूर्ण बन सकता है।

आज तक सबसे बड़ी गलती स्कूल में यह देखी गई है कि टीचर अपने विषय का अभ्यास करते-करते उच्च स्थान पर पहुँच जाते हैं। फिर बच्चों के स्तर पर आना, नीचे उतरना उनके लिए बहुत कठिन हो जाता है। वे विद्यार्थी से अपनी क्षमता अनुसार बात करते हैं और विद्यार्थी की बुद्धि के स्तर पर उतरते ही नहीं इसलिए

बच्चे जल्दी समझ ही नहीं पाते कि फलाँ टीचर मैथ्स के कौन से फॉर्मुले की बात कर रहे हैं? ... साइन्स के कौन से प्रिन्सिपल बता रहे हैं?... किस इलेक्ट्रॉनिक्स की बातें चल रही हैं? उस वक्त टीचर यह बात भूल जाते हैं कि बच्चों को उनके स्तर पर आकर समझाने से वे जल्दी समझते हैं। उदा. कोई टीचर डिक्शनरी पढ़कर, कठिन शब्द याद करके अंग्रेजी में कठिन शब्दों का ज्यादा इस्तेमाल करते हैंतो उन्हें लगता है भाषा का उच्च स्तर पर इस्तेमाल करने से सभी उसे होशियार समझेंगे कि वह ज्यादा पढ़ा-लिखा और बुद्धिमान है। जब कि लोगों को उनकी भाषा जल्दी समझ में आती नहीं इसलिए यह जरूरी है कि बच्चों को उनके स्तर पर ही समझाया जाय। जिसमें उद्देश्य यही हो कि हम जो सिखा रहे हैं, वही बच्चे सीखें। इस तरह शिक्षक ने भी सिखाने की कला सीखी।

◆ **बच्चे राईट ब्रेन का इस्तेमाल करते हैं :**

बच्चे मस्तिष्क के दाहिने हिस्से (राईट ब्रेन) से सीखते हैं और बड़े, माता-पिता, टीचर बायाँ मस्तिष्क (लेफ्ट ब्रेन) इस्तेमाल करते हैं। बड़ों की बातें पूर्णतः तर्क संगत (लॉजिकल) होती हैं। हालाँकि बड़े और टीचर भी बचपन में दाहिने मस्तिष्क (राईट ब्रेन) का इस्तेमाल करते थे परंतु समय के साथ वे यह भूल ही जाते हैं कि राईट ब्रेन भी होता है।

टीचर के लिए यह बहुत आवश्यक है कि बच्चों के लिए वे फिर से राईट ब्रेन का भी इस्तेमाल करें। टीचर को फिर से वे सब चीजें सीखनी चाहिए, जो वे सीख चुके थे। एक नए ढंग से राईट ब्रेन से कैसे सीखा जाए, यह उन्हें फिर से याद करना होगा। इस तरह से टीचर बच्चों को वैसे सीखा पाएँगे, जिससे वे बच्चों से जिस परिणाम (रिजल्ट) की अपेक्षा करते हैं।

जिसके लिए बच्चे में सबसे पहले पढ़ाई में रुचि जगाना जरूरी है। जब तक उनमें रुचि नहीं जगती तब तक कठिन विषय की बातें सुनकर बच्चे परेशान ही होते हैं। टीचर को यह भी समझना होगा कि सिर्फ सिलैबस से संबंधित बातें ही न सिखाई जाएँ बल्कि उसके साथ बाकी बातें भी जोड़ी जाएँ। जैसे आत्मविकास बढ़ाने का अभ्यास, निरीक्षण करने की कला, ध्यान, एकाग्रता प्रयोग, क्रियेटिविटी, लोगों से वार्तालाप, लोकव्यवहार, दूसरों की मदद करना इत्यादि।

◆ **टीचर डे क्यों मनाया जाता है?**

विद्यार्थी के विकास में टीचर की जिम्मेदारी, टीचर का रोल याद दिलाने के

लिए टीचर डे मनाया जाता है। विद्यार्थी जब टीचर बनकर काम करते हैं तब उन्हें पता चलता है कि बच्चे शोर करते हैं तो टीचर को कैसे तकलीफ होती है। उदा. एक बेटी माँ से खाना खाने में बड़ी आनाकानी करती थी, माँ को परेशान करती थी। अपनी बेटी को सबक सिखाने के लिए माँ एक दिन बेटी को 'माँ' का रोल करने के लिए कहती है कि 'तुम आज मम्मी बनो, मैं बेटी बनती हूँ।' बच्चों के साथ माता-पिता इस तरह के खेल खेलते हैं तो इससे बच्चे सीखते हैं और उन्हें अच्छा भी लगता है। फिर बेटी जब माँ बनकर अपनी माँ को खाना खिलाती है तो माँ भी कहती है, 'मैं नहीं खाऊँगी।' माँ इधर भागती है, उधर भागती है। बेटी अपनी माँ को खाना खिलाने के लिए उसके पीछे भागती है। अब इस खेल में बेटी माँ की दिक्कत समझ रही है, माँ का रोल करके उसे पता चलता है, जिससे दूसरे दिन से उसमें फर्क आ जाता है। बच्चों को सिखाने का यह एक अच्छा तरीका है।

माता-पिता को देखकर बच्चों में जागृति आ जाए। उन्हें जीवन का कुल-मूल उद्देश्य और स्पष्ट हो जाए। बच्चों को जब तक यह पता नहीं चलता कि इतनी पढ़ाई उन्हें क्यों करनी है, जब तक उन्हें पढ़ाई करने का कारण नहीं मालूम (Why to study?) पड़ता तब तक वे पढ़ाई करना नहीं चाहेंगे। परीक्षाएँ क्यों ली जाती हैं, यह जब तक उन्हें स्पष्ट नहीं होता तब तक वे परीक्षा से डरते रहेंगे इसलिए उन्हें कुल-मूल उद्देश बताया जाए। ये सारे गुण जो बच्चे प्राप्त कर रहे हैं, वे उनकी अभिव्यक्ति के वक्त काम में आएँगे, इसकी समझ बच्चों को दी जाए।

◈ **बच्चों की सुरक्षा (गुरुकुल की प्रथा) :**

पुराने समय में बचपन से लेकर २५ साल तक बच्चा गुरुकुल में ही रहता था। वहाँ पर वह हर तरह की बातें सीखकर लौटता था। उदा. आजीविका के लिए कैसे काम करना है, संपत्ति क्या है? बच्चे कैसे पैदा होते हैं? गृहस्थ आश्रम क्या है? सभी बातें किस तरह की अभिव्यक्ति के लिए हैं? ये सब चीजें क्यों बनाई गई हैं? इस तरह तेज संसारी बनने के लिए ही, वह गुरुकुल में २५ साल गुजारता था। जहाँ पर उसे विशेष वातावरण दिया जाता था। उस वातावरण में उसे माया के आकर्षण से बचाया जाता था क्योंकि पुराने जमाने के लोग जानते थे कि बच्चों के लिए एक समय तक सुरक्षा अति आवश्यक है।

उदा. जिस तरह एक छोटा पौधा अभी-अभी जमीन से निकला हो तो उसे कोई जानवर खा सकता है, हवा उड़ा सकती है, किसी का पैर लग सकता है,

किसी छोटी सी बात से भी वह नष्ट हो सकता है इत्यादि। ऐसे पौधे की सुरक्षा के लिए उसके चारों तरफ बाड़ लगाई जाती है, तारें लगाई जाती हैं। उसी तरह एक छोटा बच्चा जब स्कूल जाता है तब उसके लिए कौन से सुरक्षा की आवश्यकता है? पुराने जमाने में लोग बच्चों की सुरक्षा का महत्त्व जानते थे। उन्हें पता था कि ये सब हम क्यों कर रहे हैं? वहाँ कुल-मूल उद्देश्य पक्का था। कैसे कोई बुद्ध बनेगा, कैसे मीरा बनेगी, यह उन्हें पता था। उनसे किस तरह की तैयारी करवाई जा रही है, पृथ्वी पर आने का उद्देश्य क्या है, यह ज्ञान वे २५ सालों में पूरा सीखकर आते थे ताकि संसार में रहकर भी कमल के फूल की तरह रहें। जिस तरह कमल का फूल पानी में ही रहता है, पानी से ही जीवन प्राप्त करता है मगर पानी की एक बूँद भी अपने ऊपर टिकने नहीं देता। उसी तरह इस संसार के सब कार्य करते हुए हम कैसे जी पाएँ? कैसी अभिव्यक्ति कर पाएँ? अपने साथ रहने वालों के लिए हम कैसी प्रेरणा बन पाएँ? ये सारी तैयारी उस वक्त होती थी।

आज ऐसी कार्यप्रणाली (सिस्टम्स्) नहीं है। यदि है तो भी बढ़ती लोकसंख्या की वजह से पूरी तरह से कार्यरत नहीं है या कुछ और दिक्कतों की वजह से पूरी तरह से कार्यरत नहीं हो पा रही है मगर बच्चों के लिए आज कम से कम क्या किया जा सकता है, वह हम कर सकते हैं। किस तरह बच्चों को पढ़ाई के साथ-साथ ज्ञान की बातें भी सिखाई जाएँ। उनकी सुविधा व सुरक्षा पर सोचना, मनन करना और उसे व्यवहार में लाना अति आवश्यक है। अंत को ध्यान में रखते हुए बच्चों को ट्रेनिंग दी जाए। परीक्षा को वे परीक्षा न समझकर, कुल-मूल उद्देश्य प्राप्त करने का ज्ञान समझें, ऐसी तैयारी उनसे करवाई जाए।

यदि बच्चों को यह बताया जाए कि हम जीवन के विद्यार्थी हैं, ईश्वर के विद्यार्थी हैं, (I am God's student) तो ये सारी बातें सीखने का ढंग कितना बदल जाएगा! फिर वे प्रकृति से सीखेंगे, जीवन से सीखेंगे, हर चीज से सीखेंगे। वरना अज्ञान की वजह से लोग टीचर के काम को केवल एक नौकरी (जॉब) समझते हैं। उनकी समझ अनुसार टीचर का जॉब यानी 'एक छोटी नौकरी है, कोई खास कार्य नहीं है। जबकि टीचर की नौकरी एक पवित्र, निर्मल कार्य है। जिनके द्वारा विश्व, देश, समाज का उच्चतम विकास हो सकता है।

◈ **माता-पिता व टीचर का संघ :**

माता-पिता, बच्चे और टीचर में एक ही प्लेटफॉर्म तैयार करने के लिए टीचर को बच्चों के माता-पिता से या माता-पिता को टीचर से अपने बच्चों की जानकारी सदा लेनी-देनी चाहिए। बच्चों की सुरक्षा के लिए स्कूल से घर और घर से स्कूल की यात्रा में यह संपर्क बहुत जरूरी है। बच्चा स्कूल से जो भी सीखकर आता है, उसका असर बच्चे पर कैसे होता है, यह देखा जाए। घर की कौन सी बातें बच्चा

स्कूल में इस्तेमाल करता है, यह टीचर उसके माता-पिता को खुले मन से व कपट मुक्त बताएँ। इस तरह का वार्तालाप बच्चे की उन्नति बढ़ाने में मदद करेगा। पुराने समय में सभी के पास यह ज्ञान था। आत्मसाक्षात्कारी लोगों के द्वारा ही उस वक्त ऐसी सिस्टम्स बनी। आज अगर वैसी सुविधाएँ नहीं हैं तो कम से कम क्या किया जाय, यह सभी को सोचना चाहिए। उच्चतम विकसित सोसायटी (UVS) के लिए माता-पिता के साथ-साथ टीचर का रोल भी बहुत ही आवश्यक है।

◈ टीचर और तेज टीचर :

टीचर बच्चों को निरीक्षण (ऑब्ज़र्व्ह) करना सिखाता है और तेज टीचर बच्चों को प्रयोगशाला (लॅबोरेटरीज़) में अलगाव से यानी बिना लगाव के निरीक्षण करना सिखाता है। (How to observe without attachment. How to observe without identification.) टीचर बच्चों को सिखाएगा कि पढ़ाई कैसे करें? (How to study) मगर तेज टीचर सिखाएगा बिना ज्ञानी बने कैसे अभ्यास करें? (How to study without being gyani) वरना अभ्यास करते-करते जब ज्ञान बढ़ता जाता है तो बच्चों में अहंकार भी बढ़ता जाता है कि 'मैं यह भी जानता हूँ, वह भी जानता हूँ, लोग यह नहीं जानते, वह नहीं जानते।' इस तरह केवल जनरल नॉलेज को ही लोग ज्ञान समझते हैं और इस ज्ञान का उन्हें अहंकार हो जाता है इसलिए यहाँ पर यह समझ दी जा रही है कि बिना ज्ञानी बने यानी बिना अहंकार बढ़ाए अभ्यास कैसे किया जाए। तेज टीचर इसकी कला हमें सिखाता है।

टीचर बच्चों को बताएगा कि संसार में क्या-क्या चल रहा है, कितने देश हैं, कितने समुंदर हैं, कहाँ पर किस चीज की पैदाइश होती है, इस तरह पूरे विश्व की जानकारी देगा। जबकि तेज टीचर इनके अलावा बच्चों को यह भी बताता है कि पूरे विश्व में क्या-क्या नहीं चल रहा है, जो चलना चाहिए। तेज टीचर बच्चों का होश बढ़ाएगा व इस बात की समझ देगा कि सिर्फ बेहोशी की वजह से, 'तेज' की समझ न होने की वजह से, कितनी चीजें विश्व में आने से रुकी हुई हैं। जिसका ज्ञान लोगों को जल्द से जल्द मिले ताकि वे सारी चीजें भी पृथ्वी पर उतरें।

ऐसा ज्ञान जब कोई सुनेगा तो वह उस पर काम करना चाहेगा, अपना होश बढ़ाना चाहेगा। यदि आपको पता ही न हो कि कौन सी चीजें पृथ्वी पर आने से रुकी हुई हैं, आई नहीं हैं तो आप कैसे सोच पाएँगे? इस विषय पर कोई मनन, चिंतन नहीं करता इसलिए ऐसा सोचनेवाले तेज टीचर चाहिए, जो यह भी बता पाएँ कि पृथ्वी पर क्या हो सकता है, जो नहीं हो रहा है। जिसे सुनकर ही लोगों के अंदर प्रेरणा जागेगी, काम करने का बल प्राप्त होगा।

हर स्कूल में ऐसे तेज टीचर होंगे तो वे इन सब बातों का जिक्र करेंगे। जिक्र करेंगे तो किसी के मन में उस उद्देश्य के प्रति चाहत पैदा होगी और वह चाहत बहुत बड़ा काम करेगी वरना एक साधारण व्यक्ति की चाहत ही कितनी होती है? सत्य की चाहत क्या करवा सकती है? इन बातों की जानकारी बच्चों को मिलनी अति आवश्यक है। टीचर का कार्य पवित्र कार्य (नोबल प्रोफेशन) है। जो लोग यह कार्य कर रहे हैं, उन्हें पता हो कि यह सिर्फ आजीविका के लिए नहीं है। जब उच्चतम विकसित सोसायटी तैयार होगी तब जो टीचर का काम कर रहे होंगे, वे सब चेतना बढ़ाने का कार्य कर रहे होंगे, उनकी तनख्वाह सबसे ज्यादा होगी। उन्हें यह निश्चित पता होगा कि जिस समझ के साथ यह रोल चुना गया है, उससे वे विश्व का सबसे बड़ा कार्य करनेवाले हैं और जो लोग उन्हें ज्यादा तनख्वाह देंगे, उन्हें यह समझ होगी कि यह तनख्वाह विद्यार्थियों के उज्ज्वल भविष्य के लिए ही इस्तेमाल होगी।

आज जो भी टीचर्स हैं, वे कम से कम इतना तो जरूर देखें कि हम सिर्फ एक आजीविका या एक नौकरी के लिए इसके साथ न जुड़े रहें। जैसे डॉक्टर के व्यवसाय में पवित्रता होती है, वैसे ही हमें भी इसे एक पवित्र कार्य समझकर ही करना चाहिए। यदि कोई डॉक्टर बन रहा है तो वह अपने आपसे पूछे कि 'मैं इस कार्य के साथ सिर्फ इसलिए जुड़ रहा हूँ कि इस नौकरी में ज्यादा कमाई होगी या वाकई इससे मैं समाज, सोसायटी, विश्व को वह देना चाहता हूँ, जो यह प्रोफेशन देता है।' इस तरह की सौगंध, रिमाईन्डर भी आपके लिए बहुत बड़ा काम कर सकता है।

टीचर के भूमिका की पवित्रता यदि हमने समझी है तो इस पवित्र प्रोफेशन पर कैसे काम हो, इसकी टीचर को ट्रेनिंग मिले। उदा. एक टीचर अगर गणित से प्यार नहीं करता तो उसके विद्यार्थियों को भी गणित से प्यार नहीं होगा। उनके लिए गणित हमेशा कठिन विषय ही रहेगा। अकसर हम कई विद्यार्थियों को यह कहते हुए सुनते हैं कि उन्हें गणित का अच्छा टीचर मिल गया इसलिए उन्हें गणित में हमेशा से रुचि रही है। जिन विद्यार्थियों को अच्छा टीचर नहीं मिला, वे हमेशा यही शिकायत करते हैं कि यह विषय तो हमें आता ही नहीं, यह विषय तो हमारे लिए कठिन है, हमारी असफलता का कारण है।

इसका अर्थ जब टीचर को अपने विषय से प्रेम होगा तो वह जरूर अपने विद्यार्थियों में भी उस विषय में रुचि लाएगा। इसके साथ-साथ वह यह भी देखेगा कि इस विषय में जो विद्यार्थी कमजोर है, उनके लिए एक्स्ट्रा क्लास लेकर उनमें पहले इस विषय की रुचि पैदा की जाए। तेज टीचर कठिन विषय को भी मजेदार बनाता है। वह यह जानता है कि एक घंटे में गणित के ५० फॉर्मुले सुलझाने की

बजाय, दो ही फॉर्मुले पर काम किया, जिससे बच्चों ने कुछ सीखा तो भी काफी है। फिर उन दो फॉर्मुले के साथ टीचर बच्चों को पूरी तरह से खेलने देता है कि 'देखो यह फॉर्मुला बनता कैसे है... इसे बनानेवालों ने क्या सोचा होगा... इसे आसान करने के लिए कौन सी ट्रिक्स इस्तेमाल की जाती है...' इत्यादि। इस तरह जब बच्चे उस फॉर्मुले के साथ खेलते हैं तो उन्हें उसमें रुचि आने लगती हैऔर बार-बार के प्रयास से उस विषय से उन्हें प्रेम होने लगता है।

इस तरह टीचर और पैरेन्टस् मिलकर काम करेंगे तो बच्चों में तीव्र गति से सुधार आएगा। जब बच्चे बड़े होकर यह जान जाएँगे कि वे कितनी मुसीबतों से बच गए हैं तो वे माता-पिता, टीचर्स को धन्यवाद ही देंगे।

जिन बच्चों को प्रशिक्षण नहीं मिलता, उनके साथ कोई भी नकारात्मक घटना हुई तो वे बहुत परेशान हो जाते हैं। जिन बच्चों को उचित प्रशिक्षण मिलता है उन बच्चों में आत्मविश्वास निर्माण होता है। समस्या आने के बाद वे सामनेवाले को दिलासा देते हैं कि 'हम इसका मार्ग ढूँढ़ लेंगे। इस समस्या का कोई न कोई रास्ता निकलनेवाला है। हम सही सोचें, सकारात्मक सोचें।' सही प्रशिक्षण की वजह से ये बच्चे इस तरह बोल पाएँगे। आज आपको सोसायटी में सकारात्मक दृष्टिकोण रखनेवाले कुछ ही बच्चे दिखाई देंगे। सभी बच्चे ऐसे बनें, जिसके लिए माता-पिता को उन्हें सही प्रशिक्षण देना होगा। संभावना है कि इस तरह का प्रशिक्षण माता-पिता होने से पहले आपको भी न मिला हो मगर आज यह प्रशिक्षण हमें मिला है तो हम उसका पूरा फायदा लें। जब हम अपने पैटर्न (गलत आदतों) से मुक्त हो रहे हैं और अपने आपमें सुधार ला रहे हैं तो आगे की पीढ़ी में वे गलतियाँ नहीं होंगी, जो हमसे हो चुकी हैं।

डायरी लिखना आत्मविकास के लिए
सुंदर आदत है। आगे आनेवाले कार्य व चुनौतियाँ,
जो आप अपनी व अपने बच्चों की उन्नति
करने के लिए करेंगे, वे डायरी में लिख लें।

-सरश्री

अध्याय २

> प्रार्थना में बहुत शक्ति है। प्रार्थना चिंता की चिता को ठंढा और पत्थर को मोम कर सकती है। वह तूफान को रोक सकती है, डूबती नैया को किनारे लगा सकती है।
>
> –सरश्री

बच्चों के जीवन में ध्यान और प्रार्थना का महत्त्व
आप सीखें और सिखाएँ

एक स्कूल में बच्चों को प्रार्थना करना सिखाया जाता है और हर रात प्रार्थना करने के लिए होमवर्क दिया जाता है। बच्चे स्कूल में प्रार्थना सीखते हैं, 'प्रभुजी मैं झूठ न बोलूँगा।' दूसरे दिन स्कूल में टीचर बच्चों से पूछती है कि 'स्कूल में जो प्रार्थना सिखाई थी, कल रात को वह प्रार्थना की या नहीं?' एक बच्चा कहता है, 'नहीं।' उसे इस बात पर थप्पड़ पड़ती है। अगर वह बच्चा झूठ कहे कि 'प्रार्थना की' तो उसे सज़ा नहीं मिलती है। जब बच्चे ने सच कहा कि 'प्रार्थना नहीं की' तो उसे थप्पड़ लगी और वह झूठ कहता है तो उसे थप्पड़ नहीं पड़ती।

क्या इसमें यह सोचनेवाली बात नहीं है कि यह बच्चा सच बोल रहा है? प्रार्थना तो उसकी जिंदगी में उतर रही है, वह सच्ची प्रार्थना तो कर ही रहा है। क्या सिर्फ मुँह से कहकर प्रार्थना होती है? टीचर को यह समझ में नहीं आया तो वह उसे

थप्पड़ मारती है। बच्चा सोचता है अगर सच कहने से थप्पड़ पड़ती है तो प्रार्थना नहीं करके 'हाँ' कहना चाहिए यानी थप्पड़ भी नहीं पड़ी और प्रेयर भी नहीं की, दोनों काम हो गए। इस तरह प्रार्थना की शुरुआत ही गलत तरीके से होती है। प्रार्थना हमारे जीवन में उतरनी चाहिए, यह उद्देश्य हो, न कि केवल होमवर्क पूरा करना हो।

हम जो प्रार्थना करते हैं, उसका फल हमें कैसे मिले? कब प्रार्थना विफल होती है? प्रार्थना कैसे काम करती है? इत्यादि सभी प्रश्न पढ़ें, उन पर मनन करें और प्रार्थना की शक्ति का चमत्कार अपने जीवन में स्वयं देखें।

प्रार्थना में इतनी शक्ति है कि एक प्रार्थना इंसान के लिए सत्य के मार्ग पर अग्रसर होने में सहायक बन सकती है। विश्व में सब कुछ बदला जा सकता है। यहाँ तक कि डॉक्टर भी मरीजों के इलाज में अंतिम स्थिति में प्रार्थना ही करने को कहते हैं। कई बार हम डॉक्टर को यह भी कहते हुए सुनते हैं कि 'यह इंसान बचनेवाला नहीं था मगर पता नहीं कैसे बच गया।' तात्पर्य यह कि आज भी लोग ऐसी घटनाएँ होते हुए देखते हैं, जो नहीं होने वाली थीं। जिनके पीछे यह कारण है कि किसी की प्रार्थना, वह घटना होने के लिए लगातार काम कर रही थी।

जब भी कोई आपदा आए, चिंता सताए तब यह बात याद रखें कि समस्या देने से पहले उसका समाधान आपको दे दिया गया है। जैसे बच्चे के पैदा होने के पहले ही उसके लिए दूध की व्यवस्था प्रकृति द्वारा हो चुकी होती है। अब सिर्फ उस समाधान को ढूँढ़ना है जो अपने ही अंदर है। प्रार्थना, उस समाधान को, उस जवाब को बाहर लाने में मदद करती है। प्रार्थना जैसी महाशक्ति से काम न लेकर और अपने अहंकार में रहकर हम सचमुच बड़ी मूर्खता करते हैं।

अपने बच्चों को बचपन से ही प्रार्थना व ध्यान करना सिखाएँ। यह आदत भविष्य में उसके लिए ब्रह्मास्त्र बनेगी। माता-पिता यदि यह आदत नहीं रखते तो उन्हें अपने बच्चों के विकास की खातिर यह आदत अपनानी होगी।

नीचे प्रार्थना के छः उदाहरण व एक ध्यान विधि दी गई है। जिनका सहारा आप ले सकते हैं या फिर आप जो प्रार्थना करते आए हैं, उसे भी ले सकते हैं।

१) सुबह उठकर यह प्रार्थना हो सकती है

'हे ईश्वर ! आपका धन्यवाद, एक और नया दिन दिखाया।
अपनी सराहना करने का एक और मौका दिया।'

'हे ईश्वर ! आज मंदिर छः बजे खुला।
(जिस समय पर आप उठें उस समय कहें)
यह मंदिर (शरीर) दिनभर साफ और पवित्र रहे,
ऐसा आशीर्वाद दें। इस मंदिर में बजनेवाली घंटियाँ
लोगों में भक्ति भाव बढ़ाने में मदद करें।
मेरी प्रार्थना पूरी करने के लिए धन्यवाद।'

✧ ✧

२) अपनी दिनचर्या शुरू करने से पहले यह प्रार्थना हो सकती है

'हे ईश्वर ! मुझे यह समझ दो
मैं किन चीजों को बदल सकता हूँ
और किन चीजों को नहीं बदल सकता हूँ।
जिन चीजों को मैं बदल सकता हूँ उन्हें बदलने की
शक्ति दो और जिन चीजों को मैं नहीं बदल सकता,
उन्हें सहने की शक्ति व धीरज दो।'

अथवा

'हे मेरे ईश्वर! आप सिर्फ अपना प्रेम और आशीष दें,
प्यार और आशीर्वाद के अतिरिक्त कुछ भी न दें
क्योंकि जब मुझे आपका प्यार और आशीर्वाद मिल जाएगा
तब बाकी सभी चीजें खुद ब खुद मुझे मिल जाएँगी।'
(Oh my God, give me nothing but your love & blessings)

✧ ✧

३) खाना खाने के पहले यह प्रार्थना हो सकती है

जब खाना खाने बैठें तब दो मिनट आँखें बंद करके उन सभी लोगों को अपनी आँखों के सामने लाएँ व धन्यवाद दें, जिन्होंने इस खाने को आप तक पहुँचाया। जैसे :

उस किसान को धन्यवाद दें जिसने वह अन्न उगाया।
उस प्रकृति को धन्यवाद दें जिसने बारिश व धूप दी।
उस इंसान को धन्यवाद दें जिसने उस अन्न को बेचा।

उस नौकर अथवा रिश्तेदार को धन्यवाद दें
जिसने वह अन्न आपके घर तक पहुँचाया।
उस इंसान को धन्यवाद दें जिसने वह अन्न पकाया।
अंत में ईश्वर को धन्यवाद दें, जिसने हमें भूख दी ताकि
हम उसे संतुष्ट करके तृप्ति का आनंद लें।

✧ ✧

४) **सोते समय यह प्रार्थना दोहराएँ**

'हे परमेश्वर ! आपने मेरा दिन सही बनाया,
मैं सारा दिन आनंदित रह पाया, अब मेरी रात भी उत्कृष्ट बिताना।
इन कृपाओं के लिए आपका बहुत-बहुत धन्यवाद !'

✧ ✧

५) **आप जब कोई नया काम करने जाएँ तब यह कहें**

'मैं ईश्वर की दौलत हूँ मेरी सफलता निश्चित है।'

✧ ✧

६) **जब कोई डर सताए तब यह कहें**

'मैं ईश्वर की दौलत हूँ कोई भी
गलत शक्ति मुझे छू नहीं सकती।'

✧ ✧

◈ **साँस की मेडिटेशन :** इस ध्यान विधि को बच्चे भी आसानी से कर सकते हैं, बड़ों के लिए भी यह लाभदायी है।

१. ध्यान के सही आसन सुखासन (पद्मासन या कुर्सी) पर सीधे बैठें।
२. एक-दो बार लंबी साँस लेकर उसे धीरे-धीरे छोड़ें और अपने आपको तनाव रहित कर दें।
३. आपकी साँस जिस तरह चल रही है, उसे उसी तरह चलने दें। छोटी साँस है या गहरी साँस है, सहज है या स्वाभाविक जैसी भी है, उसे वैसे ही चलने दें। साँस को नियंत्रित न करें।

४. साँस अंदर जा रही है या बाहर आ रही है, यह जानते रहें। अपने मन को, अंदर जाती हुई व बाहर आती हुई साँस पर सजग रखें।

५. साँस अंदर गई... अब बाहर आई... दाहिनी नासिका से चली ... बायीं नासिका से चली ... या दोनों से चली, यह जानते रहें। साँस की हर दिशा और हर अवस्था (ठंढी या गर्म साँस) जानते रहें।

६. मन को अंदर और बाहर आने-जानेवाली साँस पर एकाग्रित करें। इससे बच्चों का चंचल मन आराम पाता है और पढ़ाई में एकाग्रता बढ़ती है।

७. कभी लंबी साँस भी चलेगी, कभी छोटी साँस भी चलेगी। शरीर को स्थिर रखते हुए हर साँस के आने-जाने को जानते रहें।

८. ध्यान करते वक्त मन जब साँस से भटक जाए तब यह याद आते ही उसे फिर से साँस पर ले आएँ। इस तरह निरंतर हर रोज ध्यान करने से सफलता मिलेगी।

९. इस मेडिटेशन का धीरे-धीरे समय बढ़ाएँ, १० से ४५ मिनट जैसी सुविधा हो, यह ध्यान करें। इसे आप सीखकर बच्चे को अपने साथ बिठाकर करवाएँ।

❖ प्रार्थना व ध्यान को विस्तार से जानने के लिए पढ़ें तेजज्ञान ग्लोबल फाउण्डेशन द्वारा प्रकाशित पुस्तकें 'विचार नियम का मूल प्रार्थना बीज' व 'संपूर्ण ध्यान'।

> छोटा बच्चा सदा अनुभव में होता है, जहाँ वह अपने आपको शरीर नहीं मानता।
>
> -सरश्री

अध्याय ३

तेज संसारी माता-पिता बनें
संसारी-संन्यासी-तेज संसारी

◈ **संसारी :**

संसारी का लक्ष्य 'संसार की वस्तुओं को भोगना' होता है। वह धन कमाएगा ताकि ज्यादा से ज्यादा संसार की सुविधाओं का उपभोग कर पाए। फिर धन कमाने की परेशानियों से जूझते हुए धन न मिलने पर क्रोधित होगा, दुःखी होगा, पीड़ित होगा। धन मिलने पर आनंदित होगा। धन के कारण मित्रों व सगे संबंधियों से झगड़ेगा। जो उसकी सहायता करेगा उसके प्रति उसकी आसक्ति भी जगेगी। शादी-विवाह करेगा, सम्मान-अपमान की चिंता करते हुए, जहाँ सम्मान मिलेगा वहाँ हर्षित होगा, जहाँ अपमान होगा, वहाँ क्रोध की ज्वाला में जलेगा। फिर बच्चे होंगे, बच्चों से कलह होगी, कुल मिलाकर सुख-दुःख के अनुभव लेकर एक संसारी संसार से विदा हो जाएगा। उसे कभी यह खयाल नहीं आता कि क्या यही जीवन है। बच्चे से बड़ा होना, शादी करना, बच्चे पैदा करना, बूढ़ा होना और अंत में मृत्यु। रोज वही

पुनरुक्ति, रोज वही झगड़े, वही क्रोध, वही जलन और वही ईर्ष्या। वह जीवन में कभी आनंद का अनुभव नहीं करता। कभी अपने परम लक्ष्य को जान नहीं पाता।

❖ संन्यासी :

ठीक इसके विपरीत जिसने संसार से मुँह मोड़ लिया, संसार की तरफ पीठ कर दी, वह 'संन्यासी'। जिसने यह धारणा बना दी कि इस तरह के संसार में जीने से क्या फायदा। संन्यासी के अंदर संसार के प्रति नफरत की ज्वाला उठ रही है। वह सोचता है कि मरने के बाद उसे संन्यासी होने की वजह से स्वर्ग मिल जाएगा। परंतु अपने भीतर वह संसारियों के प्रति नफरत की आग लेकर जी रहा है। उसके मन में क्रोध आज भी उठ रहा है। वह धन के पीछे नहीं बल्कि धन को छोड़कर भाग रहा है। नरक के डर से और स्वर्ग के लोभ के कारण, स्वर्ग का लोभ कि संसार छोड़ दिया तो मरते वक्त स्वर्ग मिलेगा, भाग रहा है।

संसारी वस्तुओं के प्रति लोभ में जी रहा है और संन्यासी स्वर्ग का लोभ लेकर जी रहा है। दरअसल दोनों में कोई भेद नहीं है क्योंकि दोनों के जीवन का आधार लोभ है।

❖ तेज संसारी :

तेज संसारी किसी लोभ और लालच में नहीं जीता। वह इस समझ के साथ जीता है कि 'उसे यह जन्म क्यों मिला है? क्या है उसके जीवन का लक्ष्य?' तेज संसारी को अपने जीवन का लक्ष्य पता है। उसे यह समझ है कि इस पृथ्वी पर उसे जो भूमिका मिली है, वह निभानी है। उसे निभाते हुए उस परम लक्ष्य को भी जानना है। जानना है अपने आपको, स्वयं को और सेल्फ को इसलिए न तो वह चिंतित होता है, न ही क्रोधित, न उसे भय सताता है और न ही किसी से ईर्ष्या होती है, न लोभ, न ग्लानि और न ही द्वेष। बस एक सहज जीवन जीता है। स्वीकार भाव वह साधता नहीं परंतु स्वीकार भाव उसके जीवन में, समझ द्वारा सहज ही प्राप्त होता है। स्वीकार भाव के कारण वह कभी दुःखी नहीं होता, पीड़ित नहीं होता। उसका क्रोध भी बाहर से एक अभिनय होता है। भीतर अंतःकरण में उसे क्रोध छूता नहीं। सहजता से निकला हुआ क्रोध सचमुच सुंदर हो जाता है, सृजनात्मक (creative) होता है, 'शोध-क्रोध' होता है। उसके क्रोध से किसी का विनाश नहीं, बल्कि निर्माण होता है। तेज संसारी का क्रोध समाज की, देश की, विश्व की भलाई के लिए होता है क्योंकि उसके क्रोध में न तो द्वेष है, न तो नफरत, न तो ईर्ष्या है और न ही घृणा। वह केवल सहज कर्म करता है, प्रतिकर्म नहीं करता।

तेज संसारी इच्छाओं से नहीं शुभ इच्छा (हॅपी थॉट्स) से जीता है। शुभ इच्छा जो सभी इच्छाओं के परे है इसलिए उसे दुःख नहीं सताता है क्योंकि दुःख उस चित में निवास करता है, जो इच्छाओं में जीता है। बड़े मजे की बात है कि संन्यासी जो संसार छोड़कर भागता है मगर इच्छाएँ नहीं छोड़ता। संन्यासी स्वर्ग और मोक्ष की इच्छा रखकर ही संसार का त्याग करता है मगर तेज संसारी, संसार में रहते हुए, संसार के सभी कार्य करते हुए, उस से बंधता नहीं, अलिप्त रहता है। वह किसी इच्छा के लिए इच्छाओं को नहीं छोड़ता, वह समस्त इच्छाओं के चिपकाव को ही छोड़ देता है इसलिए उसे क्रोध छोड़ना नहीं पड़ता बल्कि क्रोध उससे सहजता से छूट जाता है।

तेज संसारी प्रतिक्रिया से मुक्त होता जाता है। इसका अर्थ ऐसा नहीं है कि वह क्रोध नहीं करता बल्कि परिस्थिति अनुसार जहाँ पर आवश्यक है वहाँ वह क्रोध जरूर कर सकता है। जिस तरह तेज संसारी हर एक को निमित्त बनाता है, वैसे ही क्रोध को भी निमित्त बनाता है। क्रोध अगर आया है तो उसे अपने लिए तथा दूसरों के लिए, कैसे इस्तेमाल करें, इसकी समझ उसमें है।

तेज संसारी ने स्वयं को ईश्वर के हाथों में छोड़ दिया है। वह ईश्वर से कहता है, 'शक्ति तुमने दी है तो कर्म भी तू ही करवाएगा और जो तू करवाएगा वह मैं करूँगा। मेरी कोई इच्छा नहीं, कोई मर्जी नहीं, अब तेरी इच्छा ही मेरी इच्छा है।'

◈ तेज संसारी के गुण :

१) दृढ़ विश्वास :

तेज संसारी का सबसे पहला व मुख्य गुण है 'दृढ़ विश्वास', जो किसी भी घटना में डगमगाता नहीं है। यह विश्वास उसमें किसी अज्ञान के कारण नहीं, बल्कि समझ (अंडरस्टैण्डिंग) से है। तेज संसारी हर घटना को समझ द्वारा देखते हुए, उसका फायदा उठाता है। हकीकत में वह ईश्वर के अस्तित्व को जानता है। वह यह जानता है कि जिस अस्तित्व ने, जिस प्रकृति ने उसे जन्म दिया है, वही उसका अंत तक खयाल रखेगी। उसे यह विश्वास है इसलिए उसकी प्रार्थना में शक्ति है। यही विश्वास उसे हर पल, हर क्षण, सही मार्गदर्शन, सही सूचनाएँ देता है इसलिए कोई घटना उसके जीवन में गलत होती भी है तो उसका विश्वास डगमगाता नहीं बल्कि उसके पीछे का रहस्य वह जानता है। तेज संसारी इस संपूर्ण ब्रह्माण्ड के राज को जानता है।

२) फुर्तिली बुद्धि :

फुर्तिली बुद्धि यानी जिसमें लचीलापन होता है। जो हर जगह, हर परिस्थिति

में अपने आपको ढालता है। जो बच्चों के साथ बच्चा, बूढ़े के साथ बूढ़ा, जवान के साथ जवान, पुरुष के साथ पुरुष और स्त्री के साथ स्त्री बनकर पेश आता है। तेज संसारी के जीवन में यह लचक है। वह अपने बच्चों को खुद आदर्श बनकर सिखाता है।

जिस तरह तूफान आने पर जो पेड़ झुक जाते हैं, वे बच जाते हैं और जो अकड़े रहते हैं, वे गिर जाते हैं, नष्ट हो जाते हैं। उसी तरह कुछ रिश्ते-नातों में लोग अपनी अकड़ की वजह से प्रेम और विश्वास खो रहे हैं परंतु तेज संसारी समय और जरूरत के साथ झुकना जानता है। जिसका झुकना अहंकार रहित होता है। तेज संसारी यह जानता है कि डर और क्रोध से उसका ही नुकसान होगा।

३) **निर्भय आँखें :**

निर्भय आँखें यानी जिन आँखों में किसी प्रकार का भय नहीं है। निर्भय आँखें और साहस तेज संसारी के पास है इसलिए वह समस्याओं से नहीं डरता बल्कि समस्याएँ ही उससे डरती हैं और उसे तोहफा देकर जाती हैं।

ये निर्भय आँखें और साहस हमें भी प्राप्त हो सकता है, जिसके लिए चाहिए केवल समझ, जो श्रवण द्वारा प्राप्त होगी। अगर कोई डर हमारे अंदर है तो वह निर्भयता हमारे अंदर नहीं आ सकती। जैसे मृत्यु का डर।

मृत्यु का डर दिए जाने के पीछे कारण है लोगों से अच्छे काम करवाए जाएँ। मौत की धारणा बचपन से ही बच्चों को दी जाती है। मौत के डर से अच्छे काम तो होते हैं, परंतु अंदर से इंसान के जीवन में खालीपन ही है इसलिए यह गुण तब प्राप्त होगा, जब हम मौत को जानेंगे क्योंकि मौत को जानने के बाद जीवन क्या है, यह समझ हमें मिलेगी। इस तरह तेज संसारी के लिए मृत्यु एक धोखा है इसलिए वह तेज जीवन का आनंद लेता है, जो जीवन व मृत्यु के परे है।

○ ○ ○

यह पुस्तक पढ़ने के बाद आप अपना अभिप्राय (विचार सेवा) इस पते पर भेज सकते हैं... Tejgyan Global Foundation, Pimpri Colony Post office, P.O. Box 25, Pune - 411 017. Maharashtra (India).

धन्यवाद

इस पुस्तक में सम्मलित की हुई सभी बातें 'सरश्री तेजपारखी द्वारा' खोजियों को दिए गए मार्गदर्शन से संकलित की गई हैं। जिनमें खोजियों द्वारा बच्चों से संबंधित पूछे गए सवालों के जवाबों का समावेश किया गया है।

तेजज्ञान ग्लोबल फाउण्डेशन का लक्ष्य ही है कि विश्व का हर परिवार तेज संसारी बने। तेज संसारी माता-पिता से अपने बच्चों की ऐसी परवरिश हो, जिससे बच्चे विश्व के विकास के लिए निमित्त बनें।

इस पुस्तक में कुछ बातें संक्षिप्त में लिखी गई हैं। इस विषय पर तेजज्ञान फाण्उडेशन द्वारा पूर्ण दिवसीय प्रशिक्षण का आयोजन किया जाता है, जो Child Training Seminar, Family Shivir and Parenting Seminar के नाम से जाने जाते हैं। इस सेमीनार का लाभ आज तक कई परिवारों ने लिया है। हम भी चाहेंगे कि आप इस सेमीनार व फैमिली शिविर का जरूर लाभ लें ताकि इस विषय की गहराई को अच्छी तरह जान सकें। इस सेमीनार में एक आदर्श माता-पिता बनने के लिए हम कौन सी बातें आत्मसात करें, इस विषय पर गहराई में काम करवाया जाता है।

हर परिवार चाहेगा कि हम आदर्श माता-पिता बनें। जिसके लिए अधिक जानकारी तेजज्ञान ग्लोबल फाण्उडेशन द्वारा प्राप्त करें।

सरश्री – अल्प परिचय

(स्वीकार मुद्रा)

सरश्री की आध्यात्मिक खोज का सफर उनके बचपन से प्रारंभ हो गया था। इस खोज के दौरान उन्होंने अनेक प्रकार की पुस्तकों का अध्ययन किया। अपने आध्यात्मिक अनुसंधान के दौरान उन्होंने लगभग सभी ध्यान पद्धतियों का भी अभ्यास किया। उनकी इसी खोज ने उन्हें कई वैचारिक और शैक्षणिक संस्थानों की ओर बढ़ाया। जीवन का रहस्य समझने के लिए उन्होंने **एक लंबी अवधि तक मनन करते हुए अपनी खोज जारी रखी, जिसके अंत में उन्हें आत्मबोध प्राप्त हुआ।** आत्मसाक्षात्कार के बाद उन्होंने जाना कि **अध्यात्म का हर मार्ग जिस कड़ी से जुड़ा है वह है– समझ (अंडरस्टैण्डिंग)।** उसके बाद उन्होंने अपने तत्कालीन अध्यापन कार्य को विराम लगाते हुए, लगभग दो दशकों से भी अधिक समय अपना समस्त जीवन मानव कल्याण के आध्यात्मिक विकास हेतु अर्पण किया है।

सरश्री कहते हैं, 'सत्य के सभी मार्गों की शुरुआत अलग-अलग प्रकार से होती है लेकिन सभी के अंत में एक ही समझ प्राप्त होती है। **'समझ' ही सब कुछ है और यह 'समझ' अपने आपमें पूर्ण है।** आध्यात्मिक ज्ञान प्राप्ति के लिए इस 'समझ' का श्रवण ही पर्याप्त है।' इसी समझ को उजागर करने के लिए उन्होंने आज तक **तीन हज़ार से अधिक आध्यात्मिक विषयों पर प्रवचन दिए हैं,** जिनके द्वारा वे अध्यात्म की गहरी संकल्पनाएँ सीधे और व्यावहारिक रूप में समझाते हैं। समाज के हर स्तर का इंसान सरश्री द्वारा बताई जा रही समझ का लाभ ले सकता है।

यह समझ हरेक को अपने अनुभव से प्राप्त हो इसलिए सरश्री ने **'महाआसमानी परम ज्ञान शिविर'** और उसके लिए आवश्यक कार्यप्रणाली (सिस्टम) की रचना

की है, **जिसका लाभ लाखों खोजी ले रहे हैं।** यह व्यवस्था आय.एस.ओ. (ISO 9001:2015) प्रमाणित है, जिसने अनेक लोगों को सत्य की राह पर चलने की प्रेरणा दी है। इसी समझ के प्रचार और प्रसार के लिए उन्होंने 'तेजज्ञान फाउण्डेशन' नामक आध्यात्मिक संस्था की नींव रखी है। इस संस्था का मुख्य उद्देश्य है- **'हॅपी थॉट्स द्वारा उच्चतम विकसित समाज का निर्माण'**।

विश्व का हर इंसान आज सरश्री के मार्गदर्शन का लाभ ले सकता है, जिसके लिए किसी भी धर्म, जाति, उपजाति, वर्ण, पंथ, रंग या लिंग का बंधन नहीं है। विश्व के हर कोने में बसे लोग आज तेजज्ञान की इस अनूठी ज्ञान प्रणाली (System for Wisdom) का लाभ ले रहे हैं। इस व्यवस्था के एक हिस्से के रूप में **लाखों लोग रोज सुबह और रात को ९ बजकर ९ मिनट पर विश्वशांति के लिए प्रार्थना करते हैं।**

सरश्री को **बेस्टसेलर पुस्तक 'विचार नियम' श्रृंखला के रचनाकार** के रूप में भी जाना जाता है, जिसकी **१ करोड़ से ज़्यादा प्रतियाँ केवल ५ सालों** में वितरित हो चुकी हैं। इसके अलावा उन्होंने विविध विषयों पर **१०० से अधिक पुस्तकों का लेखन** किया है, जिनमें से 'विचार नियम', 'स्वसंवाद का जादू', 'स्वयं का सामना', 'स्वीकार का जादू', 'निःशब्द संवाद का जादू', 'संपूर्ण ध्यान' आदि पुस्तकें बेस्टसेलर बन चुकी हैं। ये पुस्तकें दस से अधिक भाषाओं में अनुवादित की जा चुकी हैं और प्रमुख प्रकाशकों द्वारा प्रकाशित की गई हैं, जैसे पेंगुइन बुक्स, जैको बुक्स, मंजुल पब्लिशिंग हाऊस, प्रभात प्रकाशन, राजपाल अॅण्ड सन्स, पेंटागॉन प्रेस, सकाळ प्रकाशन इत्यादि।

तेजज्ञान फाउण्डेशन – परिचय

तेजज्ञान फाउण्डेशन आत्मविकास से आत्मसाक्षात्कार प्राप्त करने का एक रास्ता है। इसके लिए सरश्री द्वारा एक अनूठी बोध पद्धति (System for Wisdom) का सृजन हुआ है। इस पद्धति को अन्तर्राष्ट्रीय मानक ISO 9001:2015 के आवश्यकताओं एवं निर्देशों के अनुरूप ढालकर सरल, व्यावहारिक एवं प्रभावी बनाया गया है।

इस संस्था की बोध पद्धति के विभिन्न पहलुओं (शिक्षण, निरीक्षण व गुणवत्ता) को स्वतंत्र गुणवत्ता परीक्षकों (Quality Auditors) द्वारा क्रमबद्ध तरीके से जाँचा गया। जिसके बाद इन पहलुओं को ISO 9001:2015 के अनुरूप पाकर, इस बोध पद्धति को प्रमाणित किया गया है।

फाउण्डेशन का लक्ष्य आपको नकारात्मक विचार से सकारात्मक विचार की ओर बढ़ाना है। सकारात्मक विचार से शुभ विचार यानी हॅपी थॉट्स (विधायक आनंदपूर्ण विचार) और शुभ विचार से निर्विचार की ओर बढ़ा जा सकता है। निर्विचार से ही आत्मसाक्षात्कार संभव है। शुभ विचार (Happy Thoughts) यानी यह विचार कि 'मैं हर विचार से मुक्त हो जाऊँ।' शुभ इच्छा यानी यह इच्छा कि 'मैं हर इच्छा से मुक्त हो जाऊँ।'

ज्ञान का अर्थ है सामान्य ज्ञान लेकिन तेजज्ञान यानी वह ज्ञान जो ज्ञान व अज्ञान के परे है। कई लोग सामान्य ज्ञान की जानकारी को ही ज्ञान समझ लेते हैं लेकिन असली ज्ञान और जानकारी में बहुत अंतर है। आज लोग सामान्य ज्ञान के जवाबों को ज़्यादा महत्त्व देते हैं। उदाहरण के तौर पर कर्म और भाग्य, योग और प्राणायाम, स्वर्ग और नर्क इत्यादि। आज के युग में सामान्य ज्ञान प्रदान करनेवाले लोग और शिक्षक कई मिल जाएँगे मगर इस ज्ञान को पाकर जीवन में कोई बड़ा परिवर्तन नहीं होता। यह ज्ञान या तो केवल बुद्धि विलास है या फिर अध्यात्म के नाम पर बुद्धि का व्यायाम है।

सभी समस्याओं का समाधान है– तेजज्ञान। भय से मुक्ति, चिंतारहित व क्रोध से आज़ाद जीवन है– तेजज्ञान। शारीरिक, मानसिक, सामाजिक, आर्थिक और आध्यात्मिक उन्नति के लिए है– तेजज्ञान। तेजज्ञान आपके अंदर है, आएँ और इसे पाएँ।

यदि आप ऐसा ज्ञान चाहते हैं, जो सामान्य ज्ञान के परे हो, जो हर समस्या का समाधान हो, जो सभी मान्यताओं से आपको मुक्त करे, जो आपको ईश्वर का साक्षात्कार कराए, जो आपको सत्य पर स्थापित करे तो समय आ गया है तेजज्ञान को जानने का। समय आ गया है शब्दोंवाले सामान्य ज्ञान से उठकर तेजज्ञान का अनुभव करने का।

अब तक अध्यात्म के अनेक मार्ग बताए गए हैं। जैसे जप, तप, मंत्र, तंत्र, कर्म, भाग्य, ध्यान, ज्ञान, योग और भक्ति आदि। इन मार्गों के अंत में जो समझ, जो बोध प्राप्त होता है, वह एक ही है। सत्य के हर खोजी को अंत में एक ही समझ मिलती है और इस समझ को सुनकर भी प्राप्त किया जा सकता है। उसी समझ को सुनना यानी तेजज्ञान प्राप्त करना है। तेजज्ञान के श्रवण से सत्य का साक्षात्कार होता है, ईश्वर का अनुभव होता है। यही तेजज्ञान सरश्री महाआसमानी परम ज्ञान शिविर में प्रदान करते हैं।

महाआसमानी परम ज्ञान शिविर परिचय और लाभ (निवासी)

क्या आपको उच्चतम आनंद पाने की इच्छा है? ऐसा आनंद, जो किसी कारण पर निर्भर नहीं है, जिसमें समय के साथ केवल बढ़ोतरी ही होती है। क्या आप इसी जीवन में प्रेम, विश्वास, शांति, समृद्धि और परमसंतुष्टि पाना चाहते हैं? क्या आप शारीरिक, मानसिक, सामाजिक, आर्थिक और आध्यात्मिक इन सभी स्तरों पर सफलता हासिल करना चाहते हैं? क्या आप 'मैं कौन हूँ' इस सवाल का जवाब अनुभव से जानना चाहते हैं।

यदि आपके अंदर इन सवालों के जवाब जानने की और 'अंतिम सत्य' प्राप्त करने की प्यास जगी है तो तेजज्ञान फाउण्डेशन द्वारा आयोजित 'महाआसमानी परम ज्ञान शिविर' में आपका स्वागत है। यह शिविर पूर्णतः सरश्री की शिक्षाओं पर आधारित है। सरश्री आज के युग के आध्यात्मिक गुरु और 'तेजज्ञान फाउण्डेशन' के संस्थापक हैं, जो अत्यंत सरलता से आज की लोकभाषा में आध्यात्मिक समझ प्रदान करते हैं।

महाआसमानी परम ज्ञान शिविर का उद्देश्य :

इस शिविर का उद्देश्य है, 'विश्व का हर इंसान 'मैं कौन हूँ' इस सवाल का जवाब जानकर सर्वोच्च आनंद में स्थापित हो जाए।' उसे ऐसा ज्ञान मिले, जिससे वह हर पल वर्तमान में जीने की कला प्राप्त करे। भूतकाल का बोझ और भविष्य की चिंता इन दोनों से वह मुक्त हो जाए। हर इंसान के जीवन में स्थायी खुशी, सही समझ और समस्याओं को विलीन करने की कला आ जाए। मनुष्य जीवन का उद्देश्य पूर्ण हो।

'मैं कौन हूँ? मैं यहाँ क्यों हूँ? मोक्ष का अर्थ क्या है? क्या इसी जन्म में मोक्ष प्राप्ति संभव है?' यदि ये सवाल आपके अंदर हैं तो महाआसमानी परम ज्ञान शिविर इसका जवाब है।

महाआसमानी परम ज्ञान शिविर के मुख्य लाभ :

इस शिविर के लाभ तो अनगिनत हैं मगर कुछ मुख्य लाभ इस प्रकार हैं–

* जीवन में दमदार लक्ष्य प्राप्त होता है।
* 'मैं कौन हूँ' यह अनुभव से जानना (सेल्फ रियलाइजेशन) होता है।
* मन के सभी विकार विलीन होते हैं।
* भय, चिंता, क्रोध, बोरडम, मोह, तनाव जैसी कई नकारात्मक बातों से मुक्ति मिलती है।
* प्रेम, आनंद, मौन, समृद्धि, संतुष्टि, विश्वास जैसे कई दिव्य गुणों से युक्ति होती है।
* सीधा, सरल और शक्तिशाली जीवन प्राप्त होता है।
* हर समस्या का समाधान प्राप्त करने की कला मिलती है।
* 'हर पल वर्तमान में जीना' यह आपका स्वभाव बन जाता है।
* आपके अंदर छिपी सभी संभावनाएँ खुल जाती हैं।
* इसी जीवन में मोक्ष (मुक्ति) प्राप्त होता है।

महाआसमानी परम ज्ञान शिविर में भाग कैसे लें?

इस शिविर में भाग लेने के लिए आपको कुछ खास माँगें पूरी करनी होती हैं। जैसे-

१) आपकी उम्र कम से कम अठारह साल या उससे ऊपर होनी चाहिए।

२) आपको सत्य स्थापना शिविर (फाउण्डेशन ट्रुथ रिट्रीट) में भाग लेना होगा, जहाँ आप सीखेंगे- वर्तमान के हर पल को कैसे जीया जाए और निर्विचार दशा में कैसे प्रवेश पाएँ।

३) आपको कुछ प्राथमिक प्रवचनों में उपस्थित होना है, जहाँ आप बुनियादी समझ आत्मसात कर, महाआसमानी परम ज्ञान शिविर के लिए तैयार होते हैं।

यह शिविर साल में पाँच या छह बार आयोजित होता है, जिसका लाभ हज़ारों खोजी उठाते हैं। इस शिविर की तैयारी आगे दिए गए स्थानों पर कराई जाती है। पुणे, मुंबई, दिल्ली, सांगली, सातारा, जलगाँव, अहमदाबाद, कोल्हापुर, नासिक, अहमदनगर, औरंगाबाद, सूरत, बरोडा, नागपुर, भोपाल, रायपुर, चेन्नई, वर्धा, अमरावती, चंद्रपुर, यवतमाल, रत्नागिरी, लातूर, बीड, नांदेड, परभणी, पनवेल, ठाणे, सोलापुर, पंढरपुर, अकोला, बुलढाणा, धुले, भुसावल, बैंगलोर, बेलगाम, धारवाड, भुवनेश्वर, कोलकत्ता, राँची, लखनऊ, कानपुर, चंदीगढ़, जयपुर, पणजी, म्हापसा, इंदौर, इटारसी, हरदा, विदिशा, बुरहानपुर।

आप महाआसमानी की तैयारी फाउण्डेशन में उपलब्ध सरश्री द्वारा रचित पुस्तकों, सी.डी. और कैसेटस् सुनकर कर सकते हैं। इसके अलावा आप टी.वी., रेडियो और यू ट्यूब पर सरश्री के प्रवचनों का लाभ भी ले सकते हैं मगर याद रहे, ये पुस्तकें, कैसेट,

टी.वी., रेडियो और यू ट्यूब के प्रवचन शिविर का परिचय मात्र है, तेजज्ञान नहीं। आप महाआसमानी परम ज्ञान शिविर में भाग लेकर ही तेजज्ञान का आनंद ले सकते हैं। आगामी महाआसमानी परम ज्ञान शिविर में अपना स्थान आरक्षित करने के लिए संपर्क करें : 09921008060/75, 9011013208

महाआसमानी परम ज्ञान शिविर स्थान :

यह शिविर पुणे में स्थित मनन आश्रम पर आयोजित किया जाता है। इस शिविर के लिए भोजन और रहने की व्यवस्था की जाती है। यदि आपको कोई शारीरिक बीमारी है और आप नियमित रूप से दवाई ले रहे हैं तो कृपया अपनी दवाइयाँ साथ में लेकर आएँ। वातावरण अनुसार गरम कपड़े, स्वेटर, ब्लैंकेट आदि भी लाएँ।

'मनन आश्रम' पुणे शहर के बाहरी क्षेत्र में पहाड़ों और निसर्ग के असीम सौंदर्य के बीच बसा हुआ है। इस आश्रम में पुरुषों और महिलाओं के लिए अलग-अलग, कुल मिलाकर 700 से 800 लोगों के रहने की व्यवस्था है। यह आश्रम पुणे शहर से 17 किलो मीटर की दूरी पर है। हवाई अड्डा, हाइवे और रेलवे से पुणे आसानी से आ-जा सकते हैं।

मनन आश्रम : मनन आश्रम, पुणे, सर्वे नं. ४३, सनस नगर, नांदोशी गाँव, किरकटवाडी फाटा, तहसील - हवेली, जिला : पुणे - ४११०२४. फोन : 09921008060

अब एक क्लिक पर ही शिविर का रजिस्ट्रेशन !

तेजज्ञान फाउण्डेशन की इन शिविरों के लिए
अब आप ऑनलाईन रजिस्ट्रेशन भी कर सकते हैं-

* महाआसमानी परम ज्ञान शिविर परिचय और लाभ (पाँच दिवसीय निवासी शिविर)
* मैजिक ऑफ अवेकनिंग (केवल अंग्रेजी भाषा जाननेवालों के लिए तीन दिवसीय निवासी शिविर)
* मिनी महाआसमानी (निवासी) शिविर, युवाओं के लिए

रजिस्ट्रेशन के लिए आज ही लॉग इन करें

www.tejgyan.org

स्वयं मोह से मुक्त और प्रेम से युक्त होने के लिए पढ़ें
बच्चों के मानसिक स्वास्थ्य के लिए पुस्तकें

मोह से मुक्ति

Total Pages- 56   Price - 50/-

मोह से मुक्ति पाना यानी मोह का त्याग करना, मोह त्याग तब होगा जब आप जानेंगे कि मोह मोती नहीं, मिट्टी है। मोह को भी जब आप मिट्टी जानकर परखेंगे तब मोह से मुक्ति मुश्किल नहीं लगेगी।

इस पुस्तक में मोह से मुक्ति कैसे प्राप्त करें, इस पर मार्गदर्शन दिया गया है। आप भी इस मोह का त्याग करके, आज़ादी प्राप्त करें।

एक कहानी से सीखें
बच्चों का विकास कैसे करें

Total Pages- 192   Price - 125/-

बच्चों की परवरिश कैसे करें–इस विषय को रोचक तरीके से सिखानेवाला यह एक अनोखा उपन्यास है। इसमें माँ यशोधा, दादाजी सुयोधन और पिताजी सिद्धार्थ मिलकर बेटे राहुल को प्रशिक्षण देकर संपूर्ण रूप से सफल इंसान बनाने का प्रयास कर रहे हैं। वे इस लक्ष्य की तैयारी क्यों और कैसे करते हैं... क्या वे अपने लक्ष्य तक पहुँच पाते हैं... क्या राजा सिद्धार्थ अपने पुत्र राहुल को उसके उच्च स्वरूप और नींव का दर्शन करवा पाते हैं? इन सभी सवालों के जवाब पाएँ इस अद्भुत कहानी में।

आज के अभिभावकों के लिए लिखा गया परवरिश पर आधारित यह उपन्यास बच्चों के साथ रहनेवाले सभी शुभचिंतक पढ़ सकते हैं।

In Print

बी. एफ. टी.
बॅच फ्लॉवर थेरेपी

Total Pages- 168   Price - 75/-

बी.एफ.टी. बॅच फ्लॉवर थेरेपी मानसिक स्वास्थ्य के लिए एक वरदान है। यह पुस्तक हर इंसान के स्वभाव के लिए औषधि का काम करती है। अब तक हम यही सुनते आए हैं कि इंसान के स्वभाव के लिए कोई औषधि नहीं है लेकिन यह पुस्तक इस मान्यता को तोड़ती है। इस पुस्तक में हर इंसान के स्वभाव-परिवर्तन का रहस्य छिपा है। मन के विकार मानसिक रोग का कारण बनते हैं किंतु अब बी.एफ.टी. की मदद से आप हर विकार से मुक्त होकर मानसिक स्वास्थ्य प्राप्त कर सकते हैं।

सुनहरा नियम
रिश्तों में नई सुगंध

Total Pages- 216   Price - 140/-

एक साथ मिल-जुलकर रहने और प्यार का दूसरा नाम है, परिवार पर सच यह भी है कि दुनिया में ऐसा कोई कुटुंब नहीं, जहाँ पर कभी न कभी तकरार न होती हो। सवाल यह है कि परिवार में सभी सदस्य एक-दूसरे के शुभचिंतक होते हैं लेकिन फिर भी उनके बीच झगड़े क्यों होते हैं? हर कोई चाहता है कि परिवार में सुख-शांति हो, फिर भी ऐसा नहीं होता। आखिर इसका कारण क्या है? इसी विषय पर मनन और व्यावहारिक ज्ञान से गुंथी है सरश्री की नई पुस्तक 'सुनहरा नियम'। तेजज्ञान ग्लोबल फाउंडेशन द्वारा अत्यंत सरल और सहज हिंदी में प्रकाशित यह पुस्तक परिवार को प्रेम, आनंद और मौन के धागे से बाँधने का सही रास्ता दिखाती है।

तेजज्ञान की श्रेष्ठ पुस्तकें

Total Pages- 272
Price - 195/-

Also available in Marathi & English

दुःख में खुश क्यों और कैसे रहें

अपना लक्ष्य कैसे प्राप्त करें?

यह पुस्तक कहानी स्वरूप में है। इसमें एक ऐसे इंसान की कहानी बताई गई है जो दुःख से पीड़ित है और किस तरह वह अपने दुःखों से मुक्ति पाता है। यह घर-घर की कहानी है। सामान्य इंसान के जीवन में जो दुःख होते हैं, यह कहानी उन दुःखों से मुक्ति का रहस्य हमारे सामने खोलती है। खुशी ही इंसान का मूल स्वभाव है, इंसान इस रहस्य से अछूता है इसलिए वह खुशी की तलाश में भटक रहा है। यह पुस्तक खुशी से खुशी की खोज करने की कला सिखाती है।

इमोशन्स पर जीत

दुःखद भावनाओं से मुलाकात कैसे करें

आज लोग आय.क्यू. का महत्त्व तो समझते हैं परंतु इ.क्यू. (इमोशनल कोशंट) का महत्त्व उससे अधिक है, यह कम लोग जानते हैं। भावनाओं से मुक्ति पाने के दो ही तरीके इंसान ने सीखे हैं- एक है उन्हें निगलना और दूसरा है उगलना। जबकि भावनाओं को मुक्त करने के अनेक अचूक तरीके हैं, जो इस पुस्तक में आपको बताए गए हैं।

अपनी भावनाओं को दुश्मन नहीं, दोस्त बनाने के लिए पढ़ें... *दुःखद भावनाओं से मुक्ति का मार्ग *क्या रोना अच्छा है या कमज़ोरी है *असुरक्षा की भावना से मुक्ति कैसे मिले *भावनाओं को मुक्त करने के चार योग्य तरीके *भावनाओं से मुलाकात करने के चार उच्चतम तरीके *भावनाओं को अभिव्यक्त करने के सच्चे तरीके...

Total Pages- 176
Price - 135/-

Also available in Marathi

Total Pages- 168
Price- 150/-

Also available in Marathi

निर्णय और ज़िम्मेदारी
वचनबद्ध निर्णय और ज़िम्मेदारी कैसे लें

सबसे बड़ी जिम्मेदारी कैसे लें? उच्च निर्णय क्षमता कैसे बढ़ाएँ? उठी हुई चेतना से निर्णय कैसे लें? निर्णय न लेने का निर्णय कैसे लें? समय रहते निर्णय लेने की कला कैसे सीखें? जिम्मेदारी आज़ादी की घोषणा है, जिम्मेदारी लेकर आज़ादी कैसे प्राप्त करें? गैर जिम्मेदारी के परिणामों से कैसे बचें? वादे निभाने की शक्ति द्वारा वचन पर कायम कैसे रहें? लिए गए कार्य को दिए गए समय पर कैसे पूर्ण करें? निरंतर अभ्यास से अपने अंदर दृढ़ संकल्प का निर्माण कैसे करें? इन सभी सवालों के जवाब इस पुस्तक में पढ़ें।

आत्मविश्वास सफलता का द्वार
How to gain Self Confidence

Total Pages- 192
Price- 150/-

Also available in English, Marathi, Malayalam, & Bengali

'आत्मविश्वास सफलता का द्वार' एक ऐसी पुस्तक है, जिसके माध्यम से पाठकों को उनके खोए आत्मविश्वास से मिलवाकर सफलता का जो मार्ग बंद हो गया था, उसे खोलने का प्रयास किया गया है। आत्मविश्वास इंसान के जीवन की सबसे प्रमुख आवश्यकताओं में से एक आवश्यकता है। आत्मविश्वास वह गुण है, जो घटनाओं में जरूरी होता है और मुसीबत के समय में ज्यादातर उसकी परीक्षा होती है। आज के स्पर्धात्मक युग में सभी आत्मविश्वास का महत्त्व जानते हैं मगर उसकी परिभाषा और आत्मविश्वास कैसे बढ़ाया जाए इसका प्रशिक्षण बहुत कम लोगों को मिलता है। प्रस्तुत पुस्तक में आत्मविश्वास से संबंधित जीवन के अदृश्य पहलू को बहुत ही सहज, सरल और उपयुक्त भाषा में उजागर किया गया है।

Total Pages- 168
Price - 150/-

Also available
in Marathi

धीरज का जादू
संतुलित जीवन संगीत

धीरज में ताकत है, धीरज में जादू है। धीरज निरंतर प्रयास है, प्रहार है, जो हर मुसीबत से आपको निकाल सकता है। धीरज की शक्ति का सही और पूर्ण लाभ कैसे प्राप्त किया जाए, सरश्री ने इस पुस्तक के माध्यम से विस्तारपूर्वक समझाया है। धीरज का जादू संतुलित जीवन का संगीत बनकर दुःखद जीवन में सुख, शांति और समृद्धि भर देता है।

इस पुस्तक की प्रेरक कहानियों के द्वारा हम सब्र के मीठे फल की वास्तविकता आसानी से समझ पाएँगे। यह पुस्तक धीरज के जादुई चमत्कार से वाकिफ कराने की सफल मार्गदर्शिका है।

असफलता का मुकाबला
काबिलीयत रहस्य

अंतिम सफलता तक पहुँचने के लिए निराशा का धक्का वरदान है।

असफलता से मुकाबला करने का हौसला है यह पुस्तक... जिसे पढ़कर आपके भीतर असफलता का एक नया अर्थ जन्म लेगा। तब सही मायने में असफलता फलित होकर सफलता के शिखर को छू पाएगी। जहाँ सफलता–असफलता विरोधी न होकर, एक–दूसरे के पूरक होंगे।

Total Pages- 184
Price - 100/-

Also available
in Marathi &
English

तेज्ञान फाउण्डेशन के नए
YouTube - "Happy Thoughts Channel" पर
'संपूर्ण जीवन दर्शन-365 सवाल' श्रृंखला का लाभ लें

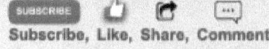
Subscribe, Like, Share, Comment

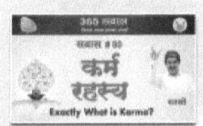

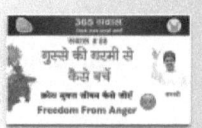

आत्मविकास से आत्मसाक्षात्कार
की यात्रा

'संपूर्ण जीवन दर्शन' यह 365 सवालों की श्रृंखला है जो जीवन के सभी आयाम जैसे अध्यात्म, कर्म, भाग्य, ज्ञान, ध्यान, प्रार्थना, भक्ति, जन्म, मृत्यु, क्षमा, स्वास्थ्य, समृद्धि, खुशी, रिश्ते-नाते, विकास, सफलता इत्यादि सभी आयामों पर एक नई रोशनी डालती है। 365 सवालों की यह श्रृंखला आपको आत्मविकास से आत्मसाक्षात्कार की मंज़िल तक पहुँचने में सहायता करेगी।

☞ "Happy Thoughts Channel" को आज ही सबस्क्राइब करें

– तेजज्ञान इंटरनेट रेडियो –

२४ घंटे और ३६५ दिन सरश्री के प्रवचन और
भजनों का लाभ लें,
तेजज्ञान इंटरनेट रेडियो द्वारा। देखें लिंक
http://www.tejgyan.org/internetradio.aspx

हर रविवार सुबह १०.०५ से १०.१५ तक रेडियो
विविध भारती, एफ. एम. पुणे पर 'हॅपी थॉट्स कार्यक्रम'

www.youtube.com/tejgyan
पर भी सरश्री के प्रवचनों का लाभ ले सकते हैं।
For online shoping visit us - www.tejgyan.org,
www.gethappythoughts.org

पुस्तकें प्राप्त करने के लिए नीचे दिए गए पते पर मनीऑर्डर द्वारा पुस्तक का मूल्य भेज सकते हैं। पुस्तकें रजिस्टर्ड, कुरियर अथवा वी.पी.पी. द्वारा भेजी जाती हैं।

पुस्तकों के लिए नीचे दिए गए पते पर संपर्क करें।

* WOW Publishings Pvt. Ltd. रजिस्टर्ड ऑफिस–E–4, वैभव नगर, तपोवन मंदिर के नज़दीक, पिंपरी, पुणे– 411017

* पोस्ट बॉक्स नं. 36, पिंपरी कॉलोनी पोस्ट ऑफिस, पिंपरी, पुणे – 411017

फोन नं.: 09011013210 / 9623457873

आप ऑन–लाइन शॉपिंग द्वारा भी पुस्तकों का ऑर्डर दे सकते हैं।

लॉग इन करें – www.gethappythoughts.org

300 रुपयों से अधिक पुस्तकें मँगवाने पर 10% की छूट और फ्री शिपिंग।

e-mail
mail@tejgyan.com

website
www.tejgyan.org, www.gethappythoughts.org

– **विश्व शांति प्रार्थना** –

'पृथ्वी पर सफेद रोशनी (दिव्य शक्ति) आ रही है।
पृथ्वी से सुनहरी रोशनी (चेतना) उभर रही है।
विश्व से सारी नकारात्मकता दूर हो रही है।
सभी प्रेम, आनंद और शांति के लिए
खुल रहे हैं, खिल रहे हैं।'

यह 'सामूहिक अव्यक्तिगत प्रार्थना' तेजज्ञान फाउण्डेशन के सदस्य पिछले कई सालों से निरंतरता से कर रहे हैं। खुश लोग यह प्रार्थना कर सकते हैं और बीमार, दुःखी लोग उस वक्त एक जगह बैठकर इस प्रार्थना को ग्रहण कर स्वास्थ्य लाभ पा सकते हैं।

यदि इस वक्त आप परेशान या बीमार हैं तो रोज़ सुबह या रात 9:09 को केवल ग्रहणशील होकर इस भाव से बैठें कि 'स्वास्थ्य और शांति की सफेद रोशनी जो इस वक्त प्रार्थना में बैठे कई लोगों द्वारा नीचे पृथ्वी पर उतर रही है, वह मुझमें भी अपना कार्य कर रही है। मैं स्वस्थ और शांत हो रहा हूँ।' कुछ देर इस भाव में रहकर आप सबको धन्यवाद देकर उठें।

तेजज्ञान फाउण्डेशन – मुख्य शाखाएँ

पुणे (रजिस्टर्ड ऑफिस)
विक्रांत कॉम्प्लेक्स, तपोवन मंदिर के नज़दीक,
पिंपरी, पुणे-४११ ०१७. फोन : 020-27411240, 27412576

मनन आश्रम
सर्वे नं. ४३, सनस नगर, नांदोशी गाँव, किरकटवाडी फाटा,
तहसील- हवेली, जिला- पुणे - ४११ ०२४.
फोन : 09921008060

e-books
•The Source •Complete Meditation
•Ultimate Purpose of Success •Enlightenment
•Inner Magic •Celebrating Relationships
•Essence of Devotion •Master of Siddhartha
•Self Encounter, and many more.
Also available in Hindi at www. gethappythoughts.org

e-magazines
'Yogya Aarogya' & 'Drushtilakshya'
emagazines available on www.magzter.com

www.ingramcontent.com/pod-product-compliance
Lightning Source LLC
LaVergne TN
LVHW041843070526
838199LV00045BA/1413
* 9 7 8 9 3 8 7 6 9 6 4 1 9 *